한국시로 다시 쓰는 **셰익스피어 소네트**

한국시로 다시 쓰는 셰익스피어 소네트

발행일	2017년 2월 15일		
지은이	William Shakespeare		
옮긴이	김 용 성		
표지디자인	이 기 순		
펴낸이	손 형 국		
펴낸곳	(주)북랩		
편집인	선일영	편집	이종무, 권유선, 송재병, 최예은
디자인	이현수, 이정아, 김민하, 한수희	제작	박기성, 황동현, 구성우
마케팅	김회란, 박진관		
출판등록	2004. 12. 1(제2012-000051호)		
주소	서울시 금천구 가산디지털 1로 168, 우림라이온스밸리 B동 B113, 114호		
홈페이지	www.book.co.kr		
전화번호	(02)2026-5777	팩스	(02)2026-5747

ISBN   979-11-5987-425-3 03840 (종이책)   979-11-5987-426-0 05840 (전자책)

이 도서의 국립중앙도서관 출판예정도서목록(CIP)은 서지정보유통지원시스템 홈페이지(http://seoji.nl.go.kr)와 국가자료공동목록시스템(http://www.nl.go.kr/kolisnet)에서 이용하실 수 있습니다.
(CIP제어번호 : CIP2017003524)

(주)북랩 성공출판의 파트너

북랩 홈페이지와 패밀리 사이트에서 다양한 출판 솔루션을 만나 보세요!

홈페이지 book.co.kr   1인출판 플랫폼 해피소드 happisode.com
블로그 blog.naver.com/essaybook   원고모집 book@book.co.kr

한국시로 다시 쓰는

셰익스피어 소네트

셰익스피어 타계 400주년 기념 소네트 154편 완역본

Sonnets
W. Shakespeare

김용성 옮김

북랩 book Lab

옮긴이의 말

윌리엄 셰익스피어의 소네트 154편을 한국시로 완역하여 세상에 낸다.

번역 작업을 하면서 가장 기본적으로 부딪치는 문제는 셰익스피어 소네트는 한국 독자에게 무엇이냐는 점이다. 셰익스피어 소네트가 영문학과 강의실을 떠나 가정에서, 공원에서, 도서관에서 한국 독자들이 즐겨 읽는 시였는가? 400년 전 시라 한국 현대시와 여러 가지 면에서 이질적인 것도 사실이다. 문화적 차이, 정서적 차이, 시 표현 기법 상의 차이도 있다. 시어 하나하나 집착하다보면 이른바 '번역 투' 표현이 번역시에도 어김없이 드러날 수 있는 점도 고민해야 한다.

번역에서 원문도 중요하지만 독자는 엄연한 '독자변수'다. 번역가는 원문과 독자라는 두 가지 주인을 섬긴다. 번역은 뫼비우스 띠와 같다. 원문과 독자라는 두 가지 독립변수를 다 안고 갈 수밖에 없고, 이 두 가지는 겉과 속이 명확히 구분되는 것이라기보다 번역 속에서 어떤 경우에는 독자가 쉽게 받아들일 수 있는 표현을 사용하고, 또 어떤 경우에는 원문 표현의 깊이를 더 느껴보도록 하는 그런 번역 작업을 해나갈 필요가 있다.

아르헨티나 시인이자 번역가인 호르헤 루이스 보르헤스는 번역은 원문보다 열등하다는 편견에 반대한다. 원문을 문구 그대로 해석하느냐 아니냐보다 더 중요한 것은 번역 작품도 하나의 작품으로 받아들이는 자세가 필요하다는 것이다. 시를 번역한다면 번역시는 한국시가 되어야 한다. 원문을 그대로 한국어로 옮긴다고 해도, 독자들이 한국시로 받아들이지 못하는 번역시는 잘 된 번역 작품이라고 할 수 없다. 시 번역은 시에서 출발하여 시로 끝나야 한다.

『니얄 사가』라는 아이슬란드 무용담이 영국과 독일 등에서 자국 문화에 맞게 번역되어 널리 읽힌 적이 있다. 이는 번역에서 사회적, 문화적 콘텍스트를 고려해야 한다는 의미를 내포한다. 즉, 그 사회와 독자들이 받아들일 수 있는 콘텍스트가 번역에 녹아있어야 독자들이 쉽게 번역서를 선택할 수 있다는 의미다. 번역된 고전이 엄격하게 과거에만 머물러 있고 오늘날과 연관성이 떨어지는 메시지를 담고 있다면, 독자의 경험과 무관하고 유리된 내용이라면, 번역서를 선택하는 독자는 제한될 수밖에 없다.

소네트 원작은 나이 많은 남자가 젊은 남자 귀족에게 사랑을 표현하는 내용이 다수를 차지하며 신분의 차이를 전제로 한 수직적 사랑을 다루나, 소네트 번역시는 21세기 한국인의 문화와 정서에 맞게 남녀 간의 사랑과 수평적 사랑을 기본 눈높이로 한다. 400년 전 영국이나 21세기 한국이나 사랑의 이데아는 같다. 독자들은 자신의 눈과 가슴으로 소네트를 통해 사랑의 이데아를 맛보게 된다.

21세기 한국사회에서 한국 독자에 맞게 셰익스피어 소네트가 새롭게 널리 읽히면 얼마나 좋을까? 바로 이 점을 가장 유의하며 셰익스피어 소네트를 한국시로 번역하고자 했다. 원문이 말하고자 하는 의미와 독자가 받아들이는 의미가 서로 통하게 하고자 하였다. 고전으로만, 강의실에서만 읽히는 소네트가 아닌, 우리에게 여전히 잔잔한 감동을 주는 한국시로 셰익스피어 소네트가 널리 읽히길 간절히 바랄 뿐이다.

번역시집을 내면서 도움을 받은 분이 많다.

한국외국어대학교 통번역학부 윤선경 교수님, 성균관대학교 번역대학원 홍덕선 교수님, 손태수 교수님, 한동대학교 통번역대학원 원영희 교수님에게 고마움을 전한다.

고려대학교 민용태 명예교수님과 김옥수 번역가님, 서울이문초
등학교 홍준태 교장선생님, 출간을 허락해준 북랩 출판사에도 감사
를 전한다.

끝으로 언제나 나를 믿고 응원하는 아내 이기순과 아들 김유신
에게 변함없는 사랑을 전하고 싶다.

2017년 2월 명일동 서재에서

김용성

셰익스피어 소네트에 대하여

우리나라에 시조가, 일본에 하이꾸가 있듯이, 영국에는 소네트가 있다. 소네트의 기원은 이탈리아지만, 영국에서 독자적으로 발전한다. 셰익스피어식 소네트는 14행시를 특징으로 한다. 세 개의 4행과 한 개의 2행으로 구성된다.

셰익스피어 소네트는 총 154편이며, 집필 시기는 명확하지 않다. 1592년에서 1598년 사이라고 추정만 할 뿐이다. 셰익스피어 소네트 초판은 1609년 토마스 소프에 의해 출간된다. 셰익스피어 소네트에는 젊은 남자 귀족과 검은 여인, 대항적인 시인, 그리고 자기 자신이 등장한다. 젊은 남자 귀족이 주로 상대 연인으로 나오고, 대항적인 시인은 젊은 남자 귀족을 찬양하고 유혹하는 대상이며 셰익스피어 자신은 지위가 낮고 능력이 부족하며 연인에게 버림받거

『셰익스피어 소네트』 1609년판 표지 <출처: 위키피디아>

나 쉽게 다가서지 못하는 이미지를 보여준다. 소네트에서 시간은 그대의 아름다움을 뺏어가는 사악한 이미지로 그려진다.

그대는 소중하고 참으로 아름다운 자이기에 이를 시간에 빼앗기지 않기 위한 한 가지 방법으로 결혼과 출산을 강조한다. 그대의 아름다움은 그 누구도 흉내 낼 수 없고 대체할 수 없는 대상인데 유한하다는 한계를 극복하기 위해 결혼하여, 아름다움의 정수를 자식에게 남겨야 함을 강조한다. 1번부터 17번까지 소네트 시작 부분에 이런 내용이 주로 담겨있다.

셰익스피어 소네트 18번부터 126번까지는 멋진 젊은 남자 귀족에 대한 시인의 사랑이 나타나 있다. 대항적 시인(rival poet)과 '그대'를 놓고 갈등하거나, '그대'의 마음을 얻으려는 끊임없는 갈망, '그대'의 아름다움을 앗아가는 '시간'에 대한 원망 등이 그려진다. 연민의 대상이 남자 귀족이어서 동성애로 오해할 수 있는 부분이 있으나, 검은 여인(dark lady)이 따로 있어서 젊은 남자 귀족과는 육체적 사랑이 아닌 정신적인 사랑임을 알 수가 있다.

소네트 127번부터 152번까지는 검은 여인이 주인공이다. 검은 여인은 육감적 요부 이미지로 젊은 귀족뿐만 아니라 주인공을 유혹하기도 한다. 시에서 검은 여인은 눈도 입술도 전통적인 미인상이 아니다. 시인과 관계가 있는데도 젊은 귀족을 유혹하기도 한다.

153번과 154번은 다른 연작시와 관련성이 적은데, 큐피드와 다이애나 등 신화적 인물을 등장시켜 연인을 칭찬하는 내용이다.

소네트에 대한 아무런 정보 없이도 독자는 자신의 경험과 마음으로 시를 음미한다. 400년 전의 소네트를 오늘날의 시각으로 우리가 하는 사랑을 자기 나름대로 곰곰이 돌아본다. 시를 시로 받아들이면 된다.

차례

소네트 01

더없이 아름다운 자 영원하길
아름다움이라는 장미는 결코 지지 않으려니
세월 가면 누구든지 사라지고
더 푸른 장미 그 아름다움으로 기억 되리라
그대는 빛나는 눈동자로 살아
자신을 불태우고 꽃 피우리라
널려 있는데도 부족하다 하며
스스로가 적이 되어 아름다움 채찍질하리라
세상을 풋풋하게 꾸미는 그대
화사한 봄 부르는 손짓이지만
자기만의 꽃봉오리에 가진 전부를 묻어 놓아
마음 고우나 주기 아까워하면 낭비하게 되니
그대여 세상을 가엾이 봐주길
아니면 무덤과 함께 세상 빚을 먹어치우든지

From fairest creatures we desire increase,

That thereby beauty's rose might never die,

But as the riper should by time decease,

His tender heir might bear his memory:

But thou, contracted to thine own bright eyes,

Feed'st thy light's flame with self-substantial fuel,

Making a famine where abundance lies,

Thyself thy foe, to thy sweet self too cruel.

Thou that art now the world's fresh ornament,

And only herald to the gaudy spring,

Within thine own bud buriest thy content,

And, tender churl, mak'st waste in niggarding.

  Pity the world, or else this glutton be,

  To eat the world's due, by the grave and thee.

소네트 02

겨울이 예순 번 이마 에워싸고
고운 얼굴에 도랑 깊이 새기면
한창 눈길 끌던 화려한 제복은
볼품 하나 없는 누더기 되어라
그때 그대 아름다움 다 어디로
빛나던 시절 보물들 다 어디에
움푹 팬 그대 두 눈만 덩그러니
설움은 눈덩이 자랑은 눈곱이라
아름다움은 자식에게 가서 물길
늙음을 미의 값으로 변명하자면
자식 멋진 구석은 본디 그대 것
내어주는 아름다움 복 받으리라
그대 삭아도 새로이 푸르러지니
피는 식어도 가슴은 팔딱이리라

When forty winters shall beseige thy brow,

And dig deep trenches in thy beauty's field,

Thy youth's proud livery, so gazed on now,

Will be a tottered weed of small worth held:

Then being asked where all thy beauty lies,

Where all the treasure of thy lusty days,

To say within thine own deep-sunken eyes,

Were an all-eating shame and thriftless praise.

How much more praise deserved thy beauty's use,

If thou couldst answer, "This fair child of mine

Shall sum my count, and make my old excuse,"

Proving his beauty by succession thine.

  This were to be new made when thou art old,

   And see thy blood warm when thou feel'st it cold.

소네트 03

거울 들여다보고 비치는 얼굴에 말하길
이젠 또 하나의 얼굴 만들어야 할 때라
그 모습 새롭게 하여 젊게 하지 않으면
세상 속이고 어느 모성 축복 뺏는 거라
그대가 하는 처녀성 가래질 업신여기는
그러면서 아름답다 하는 여자 있을까나
남자가 되어 이기심의 무덤에 갇혀서는
후손을 끊으려는 그러한 남자 있을까나
어머니는 그대를 거울 같이 들여다보고
아름답던 사월 그대에서 다시 찾으리라
주름살 맺혀져도 노안이 되어 흐려져도
그대 거울인 자식으로 황금시대 보리라
하지만 삶은 잊혀져가고 자식마저 없이
홀로 떠나면 그대도 흔적도 사라지리라

Look in thy glass and tell the face thou viewest

Now is the time that face should form another,

Whose fresh repair if now thou not renewest,

Thou dost beguile the world, unbless some mother.

For where is she so fair whose uneared womb

Disdains the tillage of thy husbandry?

Or who is he so fond will be the tomb

Of his self-love to stop posterity?

Thou art thy mother's glass, and she in thee

Calls back the lovely April of her prime;

So thou through windows of thine age shalt see,

Despite of wrinkles, this thy golden time.

But if thou live rememb'red not to be,

Die single and thine image dies with thee.

소네트 04

아름다움 마구 쓰는 그대
유산 왜 자기에게만 쓰나
자연이 잠시 줬을 뿐인데
욕심 놓아야 누려볼 수도
고우나 베풀지 않는 그대
나누라 한 미덕을 맘대로
무익한데 마구 쓰는 그대
밑천 쓰고도 오래 못살아
자기밖에 볼 줄 모르더니
자신의 미 스스로 속고는
자연이 돌아오라 부를 때
어떤 계산서 남기려 하나
미는 그대 곁에 묻히려니
쓰고 물려지고 살아남았을

Unthrifty loveliness, why dost thou spend

Upon thyself thy beauty's legacy?

Nature's bequest gives nothing but doth lend,

And being frank she lends to those are free.

Then, beauteous niggard, why dost thou abuse

The bounteous largess given thee to give?

Profitless usurer, why dost thou use

So great a sum of sums yet canst not live?

For having traffic with thyself alone,

Thou of thyself thy sweet self dost deceive.

Then how when Nature calls thee to be gone,

What acceptable audit canst thou leave?

  Thy unused beauty must be tombed with thee,

  Which, used, lives th'executor to be.

소네트 05

시간이 품격 있게 빚어내리
눈길 머무는 사랑스런 그대
변덕쟁이 시간은 폭군 되어
미모를 추하게 헝클어 놓고
부단히 여름을 겨울로 몰아
찬바람 끔찍이 형체도 없이
수액은 서리에 잎은 바람에
온누리 온통 눈에 황량하리
여름 향기를 걸러내어 고이
유리벽 안에 가두지 않으면
아름다움과 그 산물 어디에
아무 흔적 없이 추억까지도
꽃은 꽃다움을 잃지 않으면
꽃잎 져도 향기는 진하리니

Those hours that with gentle work did frame

The lovely gaze where every eye doth dwell

Will play the tyrants to the very same

And that unfair which fairly doth excel;

For never-resting Time leads summer on

To hideous winter and confounds him there,

Sap checked with frost and lusty leaves quite gone,

Beauty o'ersnowed and bareness every where.

Then, were not summer's distillation left

A liquid prisoner pent in walls of glass,

Beauty's effect with beauty were bereft,

Nor it nor no remembrance what it was.

  But flowers distilled though they with winter meet,

  Leese but their show, their substance still lives sweet.

소네트 06

그대다움을 그대가 잃어버리기 전에
겨울 손으로 여름 아프게 하지 마라
고이 만든 병에 아름다움 담아 두길
그 보물 누구 몰래 사그라지기 전에
기분 좋게 빚지고 갚는 자에게 빚은
무거운 장부 아닌 행복이 되어 주리
그대는 또 다른 그대를 만들어 내어
하나가 열이 되면 행복도 열이 되리
열에서 다시 열 번 불린다면 그대는
지금 그대보다 열 배 더 행복하리라
세상 떠나도 그대 후손 속에서 살면
죽음이라도 어찌 할 도리 있을 리가
죽음아 정복한다고 고집피우지 마라
구더기 머물기엔 끔찍이 그대 고우니

Then let not winter's ragged hand deface

In thee thy summer ere thou be distilled,

Make sweet some vial; treasure thou some place

With beauty's treasure ere it be self-killed.

That use is not forbidden usury

Which happies those that pay the willing loan;

That's for thyself to breed another thee,

Or ten times happier be it ten for one.

Ten times thyself were happier than thou art,

If ten of thine ten times refigured thee:

Then what could death do if thou shouldst depart,

Leaving thee living in posterity?

  Be not self-willed, for thou art much too fair,

    To be death's conquest and make worms thine heir.

소네트 07

보라 어둠 뚫고 빛나는 저 태양을
타오르는 머리, 우러러 보는 눈빛
떠오르는 환희, 새로 다가온 경의
신성한 자연을 가슴으로 받들리라
가파른 산 너머 솟구쳐 오른 태양
한창 시절 혈기 넘치는 청춘 같이
사람들은 빛나는 순례를 따라나서
변함없는 태양 아름다움 흠모하리
정상에서 한 걸음 한 걸음 내려와
한 올 한 올 찾아온 노인의 서리
나만 바라보던 자들 내리막길에서
이젠 고개 돌려 다른 곳을 보리라
남겨짐 없이 한낮 보낸다면, 그대
말없이 사라지리라 눈길도 흔적도

Lo, in the orient when the gracious light

Lifts up his burning head, each under eye

Doth homage to his new-appearing sight,

Serving with looks his sacred majesty;

And having climbed the steep-up heavenly hill,

Resembling strong youth in his middle age,

Yet mortal looks adore his beauty still,

Attending on his golden pilgrimage;

But when from highmost pitch, with weary car,

Like feeble age, he reeleth from the day,

The eyes, 'fore duteous, now converted are

From his low tract and look another way:

  So thou, thyself outgoing in thy noon,

  Unlooked on diest unless thou get a son.

소네트 08

들기 좋은 음악이여, 어이해 노래 구슬피 듣는지
감미로워 상처 줄 일 없고, 이미 즐거울 뿐인 걸
들어도 기쁘지 아니한 노래를 어이해 사랑하는지
아님 들어도 괴로운 노래를 기꺼이 들으려하는지
음과 음이 하나로 맺어 아름답게 어우러진
화음이 그대 귀를 거스른다면
맡은 자기 몫을 혼자 안하고서 망쳐버리니
그대를 달콤하게 혼을 내노라
바이올린 현과 현이 서로 다정한 단짝이 되어
앞에서 끌면 뒤에서 미는 소리 한번 들어보길
아빠와 아들하고 엄마가 함께하여 행복하듯이
모두가 하나로 노래 한 곡 즐겁게 완성하노라
합창이어도 독창인 듯 들리는 그 말없는 노래는
그대에게 노래하노라 혼자선 아무것도 아니라고

Music to hear, why hear'st thou music sadly?

Sweets with sweets war not, joy delights in joy.

Why lov'st thou that which thou receiv'st not gladly,

Or else receiv'st with pleasure thine annoy?

If the true concord of well tuned sounds,

By unions married, do offend thine ear,

They do but sweetly chide thee, who confounds

In singleness the parts that thou shouldst bear.

Mark how one string, sweet husband to another,

Strikes each in each by mutual ordering;

Resembling sire, and child, and happy mother,

Who all in one, one pleasing note do sing;

  Whose speechless song, being many, seeming one,

  Sings this to thee, "thou single wilt prove none."

소네트 09

독신으로 삶을 끝내려 함은
여자에게 눈물 적실까 해서
아, 그대 자식 없이 떠나면
짝 잃은 잉꼬처럼 아프리라
세상이 그대 미망인 되어도
흔적 없이 눈물도 마르리라
남들은 남겨진 눈동자 속에
떠난 사람 가슴에 간직하리
돈 써도 돈 자리만 바뀔 뿐
이 세상 재미는 여전하리니
아름다움은 세상 끝나면 끝
자신의 미 가만두면 신기루
자신을 죽이는 부끄러운 짓
어찌 남을 사랑한다 말하리

Is it for fear to wet a widow's eye

That thou consum'st thyself in single life?

Ah, if thou issueless shalt hap to die,

The world will wail thee like a makeless wife;

The world will be thy widow and still weep,

That thou no form of thee hast left behind,

When every private widow well may keep,

By children's eyes, her husband's shape in mind.

Look what an unthrift in the world doth spend,

Shifts but his place, for still the world enjoys it;

But beauty's waste hath in the world an end,

And kept unused, the user so destroys it:

  No love toward others in that bosom sits

  That on himself such murd'rous shame commits.

소네트 10

한치 앞도 못 보는 그대, 부끄럽게도
누구를 사랑한다 함부로 말하지 마라
하려면 많은 사랑 주든가 인정하든가
실은 누구와도 뜨겁게 사랑하지 않고
차가운 미움에 아직도 갇혀있는 그대
자신을 해할 음모에도 주저함이 없이
아름답기 만한 성을 파괴하려 하는가
고치고 지키려는 소망은 어디로 갔나
생각 바꾸기를 내 가슴 변할 수 있게
사랑보다 미움이 더 주인 행세해서야
그대, 외모만큼 다정하고 친절해보라
아니면 적어도 자신에게 문을 열든지
사랑하거든 또 하나의 그대를 만들라
시간 흘러도 아름다움 영원히 머물게

For shame, deny that thou bear'st love to any

Who for thyself art so unprovident.

Grant if thou wilt, thou art beloved of many,

But that thou none lov'st is most evident;

For thou art so possessed with murd'rous hate,

That 'gainst thyself thou stick'st not to conspire,

Seeking that beauteous roof to ruinate,

Which to repair should be thy chief desire.

O, change thy thought, that I may change my mind.

Shall hate be fairer lodged than gentle love?

Be as thy presence is, gracious and kind,

Or to thyself at least kind-hearted prove.

  Make thee another self for love of me,

  That beauty still may live in thine or thee.

소네트 11

그대가 쇠약해지는 만큼이나 빠르게
꽃은 두고 간 씨앗 속에서 자라리라
한낮에 피는 꽃은 진한 향기 남기고
꽃잎 떨어져도 지지 않는 꽃이 되리
지혜롭게 아름답게 향기는 퍼지리라
아니면 바보 되고 쉰내 나고 시드니
향기 가시면 시간도 이름도 길 잃어
육십년 지나고 나면 이 세상 끝이라
자연은 씨앗 만들 줄 모르는 꽃에겐
거칠고 보기 싫게 쓸쓸히 썩게 하고
향기 최고인 꽃에겐 더 많이 주려니
그 풍성한 선물 소중히 키워야 하리
씨앗은 트면서 그대 꽃 이름표 새겨
그 향기 수없이 피워도 한결 같으리

As fast as thou shalt wane, so fast thou grow'st

In one of thine, from that which thou departest;

And that fresh blood which youngly thou bestow'st

Thou mayst call thine, when thou from youth convertest.

Herein lives wisdom, beauty, and increase;

Without this, folly, age, and cold decay.

If all were minded so, the times should cease,

And threescore year would make the world away.

Let those whom Nature hath not made for store,

Harsh, featureless, and rude, barrenly perish.

Look whom she best endowed, she gave the more;

Which bounteous gift thou shouldst in bounty cherish.

  She carved thee for her seal, and meant thereby

  Thou shouldst print more, not let that copy die.

소네트 12

시간 알려고 시계 치는 소리 세어 가다
화사한 낮은 끔찍한 밤으로 저물어가네
제비꽃 잘나가던 시절 무심결 지나가고
검은 고수머리 서리 오고 떠날 줄 몰라
길 가는 더위 지친 자들에 그늘 내주던
큰 나무들 잎 다 떨어져 앙상하게 뼈만
여름 초목은 말라 다발로 묶여 색 바래
껄끄러운 수염으로 영구차에 실려 가네
그대 눈부시던 아름다움은 진작 어디로
시간의 진흙탕 속에 그대도 가야하는가
달콤함도 아름다움도 스르르 흔적 없이
다른 것 자라는 만큼 빠르게 죽어 가리
시간의 낫에 그 누구도 견딜 수가 없어
시간이 붙잡으면 자식으로 맞설 수밖에

When I do count the clock that tells the time,

And see the brave day sunk in hideous night;

When I behold the violet past prime,

And sable curls all silvered o'er with white;

When lofty trees I see barren of leaves,

Which erst from heat did canopy the herd,

And summer's green, all girded up in sheaves,

Borne on the bier with white and bristly beard;

Then of thy beauty do I question make,

That thou among the wastes of time must go,

Since sweets and beauties do themselves forsake,

And die as fast as they see others grow,

  And nothing 'gainst Time's scythe can make defence,

  Save breed, to brave him when he takes thee hence.

소네트 13

아, 그대가 그대로라면 좋으련만
언제까지나 그 모습일 수는 없어
다가오는 종말 대비를 해야 하니
아름다움도 누군가에 주어야하리
그래야 빌려서 쓰던 그 아름다움
아무런 기한도 없이 갖게 되리니
그대 죽는다 해도 그대로 되살아
아름다움은 자식에게 머무르리라
겨울 폭풍 불어와도 맞서 견디고
끝없이 차가운 죽음의 분노 견뎌
훌륭하게 가꾼 집을 관리 해주니
이런 집을 누가 썩게 내버려둘까
헤픈 사랑아, 아버지가 있었다고
그대 아들도 그렇게 말하게 하라

O, that you were yourself, but, love, you are

No longer yours than you yourself here live;

Against this coming end you should prepare,

And your sweet semblance to some other give.

So should that beauty which you hold in lease

Find no determination, then you were

Yourself again after yourself's decease,

When your sweet issue your sweet form should bear.

Who lets so fair a house fall to decay,

Which husbandry in honour might uphold

Against the stormy gusts of winter's day

And barren rage of death's eternal cold?

  O, none but unthrifts! Dear my love, you know,

  You had a father; let your son say so.

소네트 14

별을 통해 판단하려 하지는 않아도
점성술을 볼 줄 안다 말할 수 있어
운 좋은지 아픈지 잘 될지 비 올지
하지만 어떤지 알리려는 건 아니야
누구든지 닥치는 천둥과 비와 바람
그때마다 세세히 알아낼 순 없으니
하늘에 자주 보이는 징조를 보고서
흥할지 말지 말하거나 하진 않아도
그대 눈을 보면 나는 알 수가 있지
영원하고 한결같은 별은 그대 눈에
그대 마음먹어 자손 남기고 키우면
진리와 아름다움도 같이 빛을 내리
안 그러고 떠나버리면 이건 분명해
진리도 아름다움도 다 끝을 본다는

Not from the stars do I my judgment pluck,

And yet methinks I have astronomy;

But not to tell of good or evil luck,

Of plagues, of dearths, or seasons' quality;

Nor can I fortune to brief minutes tell,

Pointing to each his thunder, rain, and wind,

Or say with princes if it shall go well

By oft predict that I in heaven find.

But from thine eyes my knowledge I derive,

And, constant stars, in them I read such art

As truth and beauty shall together thrive

If from thyself to store thou woulds't convert:

  Or else of thee this I prognosticate,

  Thy end is truth's and beauty's doom and date.

소네트 15

만물이 완숙한 모습은
그저 순간일 뿐이리라
인생은 연극무대일 뿐
별들 은밀히 꾸며대는
사람도 나무처럼 자라
햇빛과 비바람 맞으며
푸르다 자랑하다 시들
자태 기억에 가물가물
생각은 구름으로 가고
젊음 눈앞에 굴러가리
쇠락을 붙잡고 뒹굴어
한낮은 꿈꾸듯 밤으로
사랑을 위해 맞서리니
시로 그대 접목하리라

When I consider everything that grows

Holds in perfection but a little moment,

That this huge stage presenteth naught but shows

Whereon the stars in secret influence comment;

When I perceive that men as plants increase,

Cheered and checked even by the selfsame sky,

Vaunt in their youthful sap, at height decrease,

And wear their brave state out of memory;

Then the conceit of this inconstant stay

Sets you most rich in youth before my sight,

Where wasteful Time debateth with Decay,

To change your day of youth to sullied night;

  And, all in war with Time for love of you,

  As he takes from you, I engraft you new.

소네트 16

어이해 그대는 보다 강력한 방법으로
잔인한 폭군인 시간과 싸우지 않은가
메마른 시어보다 은총 깃든 방법으로
그대 파멸 가로막아 붙잡지 못하는가
지금 그대는 행복의 꼭대기에 서있고
씨도 채 뿌리지 않은 그 많은 정원이
초상화보다 그대를 쏘옥 빼닮은 꽃들
피워보려 고상한 척하며 꿈을 꾸어도
시간이 그려내고 내가 써본다고 한들
그대 가슴과 미모는 담기 어려우리라
후손은 살아남아 눈앞에 보여 주려니
그대 생생하게 살아 내쉬는 숨결까지
자신을 내어 주고 자신을 보존하기에
그대가 그려내는 대로 그대로 남으리라

But wherefore do not you a mightier way

Make war upon this bloody tyrant Time?

And fortify yourself in your decay

With means more blessed than my barren rhyme?

Now stand you on the top of happy hours,

And many maiden gardens, yet unset,

With virtuous wish would bear your living flowers,

Much liker than your painted counterfeit.

So should the lines of life that life repair,

Which this Time's pencil, or my pupil pen,

Neither in inward worth nor outward fair

Can make you live yourself in eyes of men.

  To give away yourself keeps yourself still,

    And you must live, drawn by your own sweet skill.

소네트 17

누가 내 시를 믿어 줄까나
고결한 미덕으로 가득차도
그대 반쪽도 못 보여 주니
시는 무덤이라 하늘은 알지
고운 그대 두 눈 그려내고
우아하다 새로이 노래해도
남들은 말하리라 거짓이라
천상필치로 사람 그린다고?
내 시집 나이 먹어 누렇고
주책없다 한소리 들으리라
시인의 광기 그대 한 소절
늙은 시에서 늘어지는 가락
허나 따르는 자 살아있다면
그대, 시에서 두 번 살리라

Who will believe my verse in time to come

If it were filled with your most high deserts?

Though yet heaven knows, it is but as a tomb

Which hides your life and shows not half your parts.

If I could write the beauty of your eyes,

And in fresh numbers number all your graces,

The age to come would say "This poet lies,

Such heavenly touches ne'er touched earthly faces."

So should my papers, yellowed with their age,

Be scorned, like old men of less truth than tongue,

And your true rights be termed a poet's rage

And stretched meter of an antique song:

But were some child of yours alive that time,

You should live twice, in it and in my rhyme.

소네트 18

한여름이라도 어찌 그대만 하리
그대 더 사랑스럽고 온유하지요
높새바람 오월 꽃봉오리 흔들고
여름은 불타다 순간 사그라져요
하늘의 눈은 뜨겁게 이글거리다
구름에 황금빛 종종 흐려지기도
달 차면 기울 듯 아름다움 또한
우연히 자연히 민낯 드러내지요
허나 그대 여름은 저물 줄 몰라
피어난 그 꽃 시드는 법 모르고
죽음도 그늘 속에 그대 못 품어
시 속에 시간 속에 그대가 살면
사람이 호흡하고 볼 수 있는 한
이 시는 살아 그대 맥박 되리라

Shall I compare thee to a summer's day?

Thou art more lovely and more temperate.

Rough winds do shake the darling buds of May,

And summer's lease hath all too short a date.

Sometime too hot the eye of heaven shines,

And often is his gold complexion dimmed;

And every fair from fair sometime declines,

By chance, or nature's changing course, untrimmed;

But thy eternal summer shall not fade,

Nor lose possession of that fair thou ow'st,

Nor shall Death brag thou wand'rest in his shade,

When in eternal lines to time thou grow'st.

  So long as men can breathe or eyes can see,

  So long lives this, and this gives life to thee.

소네트 19

탐식하는 시간이여 사자 발톱을 무디게 하고
대지도 그의 귀여운 새끼를 삼켜버리게 하라
사나운 호랑이 턱에서 날카로운 이빨을 뽑고
살 만큼 산 불사조를 산 채로 불태워 버리라
재빨리 달려가며 계절을 울게도 웃게도 하니
걸음 빠른 시간아 무엇이든 마음껏 해보거라
끝없는 세상 쉬이 사그라지는 이 아름다움을
하지만 단 하나 커다란 죄를 범하면 안 되니
내 사랑 고운 이마에 세월 자국 새기지 말길
너의 오래된 펜으로도 주름살일랑 긋지 마라
후세 사람들에 아름답다 하는 표본이 되도록
세월 지나가다 내 사랑에 때 묻게 하지 마라
늙은 시간이여 네가 아무리 발악을 하더라도
내 사랑은 내 시 속에 늘 그러듯 팔딱이려니

Devouring Time, blunt thou the lion's paws,

And make the earth devour her own sweet brood;

Pluck the keen teeth from the fierce tiger's jaws,

And burn the long-lived phoenix in her blood;

Make glad and sorry seasons as thou fleets,

And do whate'er thou wilt, swift-footed Time,

To the wide world and all her fading sweets;

But I forbid thee one most heinous crime,

O, carve not with thy hours my love's fair brow,

Nor draw no lines there with thine antique pen.

Him in thy course untainted do allow,

For beauty's pattern to succeeding men.

  Yet do thy worst, old Time; despite thy wrong,

  My love shall in my verse ever live young.

소네트 20

그대는 자연이 직접 화장한 얼굴 하고
나의 정열을 지배하는 여자 같은 남자
여자의 부드러운 마음을 가졌으면서도
위선에 물든 여자와 달리 변덕 모르니
뭇 여자보다 빛나는 눈동자 거짓 없고
눈길 닿는 것마다 반짝반짝 빛이 나지
자태 남자다워 미남 미녀 다 압도하고
남자 눈 훔치고 여자 영혼 현혹시키지
그대는 처음에는 여자로 태어났으리라
자연이 빚는 동안 그대에 사랑을 느껴
하나 더 붙이더니 그대 빼앗아 버리고
내겐 쓸모없는 한 가지를 매달게 하니
여인의 기쁨 위해 그대에 성기 달리고
그대 사랑만 내 것 달린 것은 여인 것

Sonnet 20

A woman's face, with Nature's own hand painted,

Hast thou, the master mistress of my passion;

A woman's gentle heart, but not acquainted

With shifting change, as is false women's fashion;

An eye more bright than theirs, less false in rolling,

Gilding the object whereupon it gazeth;

A man in hue all hues in his controlling,

Which steals men's eyes and women's souls amazeth.

And for a woman wert thou first created,

Till Nature as she wrought thee fell a-doting,

And by addition me of thee defeated,

By adding one thing to my purpose nothing.

  But since she pricked thee out for women's pleasure,

  Mine be thy love, and thy love's use their treasure.

소네트 21

분칠한 미인에게 영감 얻어 시 쓰고
하늘까지 끌어들여 장식하는데 쓰고
온갖 아름다움 그 연인 위해 견주는
그런 시인은 나와 다르게 시 쓰지요
달과 태양 땅과 바다의 귀한 보석을
자기 연인에다 오만하게 비유하지요
사월에 피어난 꽃 우주의 귀한 진품
이 모두는 자기 연인 위해 쓰이지요
아 사랑에 진실한 난 진실을 쓰리라
내 사랑은 별빛 같이 빛나지 않다고
저 하늘 수놓는 황금 촛불 아니지만
여느 어머니의 아이만큼 아름답다고
허튼 소리 잘하는 자 맘껏 떠벌리길
팔 마음 없는 난 과장 하나 안 하니

So is it not with me as with that Muse,

Stirred by a painted beauty to his verse,

Who heaven itself for ornament doth use,

And every fair with his fair doth rehearse;

Making a couplement of proud compare

With sun and moon, with earth and sea's rich gems,

With April's first-born flowers, and all things rare

That heaven's air in this huge rondure hems.

O, let me true in love but truly write,

And then believe me, my love is as fair

As any mother's child, though not so bright

As those gold candles fixed in heaven's air:

  Let them say more than like of hearsay well;

  I will not praise that purpose not to sell.

소네트 22

그대 푸르른 날에 거울은
머리카락 희다 안 하리라
허나 이마에 새긴 이랑은
꺼져가는 촛불 알아보리라
그대를 감싼 모든 고움은
내 마음이 걸친 옷이려니
우린 서로의 가슴에 살아
어이해 내가 더 늙을 수가
내 사랑아 자신 돌보기를
오직 그대 위해 마음 쓰리
병이 날까 아기를 돌보듯
그 가슴 조심히 간직하리
죽어도 그대 맘 찾지 말길
찾을 맘 없이 내게 줬으니

My glass shall not persuade me I am old,

So long as youth and thou are of one date,

But when in thee Time's furrows I behold,

Then look I death my days should expiate.

For all that beauty that doth cover thee

Is but the seemly raiment of my heart,

Which in thy breast doth live, as thine in me.

How can I then be elder than thou art?

O, therefore, love, be of thyself so wary

As I, not for myself, but for thee will,

Bearing thy heart, which I will keep so chary

As tender nurse her babe from faring ill.

  Presume not on thy heart when mine is slain;

  Thou gav'st me thine, not to give back again.

소네트 23

말도 동작도 두려워 길을 잃습니다
무대에 처음 서는 애송이 배우같이
힘은 넘쳐나다 가슴 조이게 합니다
분노로 가득한 끔찍한 맹수와 같이
자신이 없어 할 말도 잃어버립니다
사랑이 하는 예식을 위한 언어마저
지면 질수록 사랑은 무거워 갑니다
가슴속 사랑 야윌 대로 야위는데도
아, 내 시가 말하도록 두길 바라니
가슴이 뭐라 하는지 말없이 전하게
침 닳도록 사랑 부르는 혓바닥보다
시로 그대 노래하고 보상 받으려니
말없는 사랑이 써놓은 글 읽어주길
눈치로도 눈으로도 들을 수 있으리

As an unperfect actor on the stage,

Who with his fear is put besides his part,

Or some fierce thing replete with too much rage,

Whose strength's abundance weakens his own heart;

So I, for fear of trust, forget to say

The perfect ceremony of love's right,

And in mine own love's strength seem to decay,

O'ercharged with burden of mine own love's might.

O, let my books be then the eloquence

And dumb presagers of my speaking breast,

Who plead for love, and look for recompense,

More than that tongue that more hath more expressed.

  O, learn to read what silent love hath writ.

  To hear with eyes belongs to love's fine wit.

소네트 24

내 눈은 그대를 그리는 화가
내 가슴은 그대 담는 도화지
내 몸통은 그림 담아내는 틀
밀고 당기기 눈이 하는 예술
반듯이 그대 모습 담겨 있나
화가 눈과 손이 되어 그리지
그대 두 눈으로 유리창을 낸
가슴 속 화실에 걸어둔 그림
눈과 눈이 마주하고 손 잡아
내 눈은 그대 모습 그려내고
그대 눈은 내 가슴 창문이라
틈으로 해가 엿보고 또 보고
더는 멋지게 그릴 재간 없어
보는 대로만 그릴 뿐 그 맘은

Mine eye hath played the painter and hath steeled

Thy beauty's form in table of my heart;

My body is the frame wherein 'tis held,

And perspective it is the painter's art,

For through the painter must you see his skill,

To find where your true image pictured lies,

Which in my bosom's shop is hanging still,

That hath his windows glazed with thine eyes.

Now see what good turns eyes for eyes have done:

Mine eyes have drawn thy shape, and thine for me

Are windows to my breast, wherethrough the sun

Delights to peep, to gaze therein on thee.

  Yet eyes this cunning want to grace their art,

  They draw but what they see, know not the heart.

소네트 25

별자리 은총을 받는 사람들
영예와 지위 자랑하게 두길
난 승리자 길 가로막혔지만
내겐 소중한 기쁨 즐기려니
햇빛에 자기 잎사귀 펼치는
해 눈만 따라가는 해바라기
꽃잎 속에 자존심 묻어두고
해가 한번 찌푸리면 숙이는
힘쓴다고 소문난 잘난 자도
다 이기고 단 한 번만 져도
영예의 명부에서 흔적 없이
쌓은 탑은 바람으로 흩어져
사랑을 하고 사랑받으니 나는 행복한 잎새
바람 맞아도 차일 줄 모르고 찰 줄 모르는

Let those who are in favour with their stars

Of public honour and proud titles boast,

Whilst I whom fortune of such triumph bars,

Unlooked for joy in that I honour most.

Great princes' favorites their fair leaves spread

But as the marigold at the sun's eye,

And in themselves their pride lies buried,

For at a frown they in their glory die.

The painful warrior famoused for fight,

After a thousand victories once foiled,

Is from the book of honor rased quite,

And all the rest forgot for which he toiled.

  Then happy I that love and am beloved

  Where I may not remove, nor be removed.

소네트 26

내 사랑이여 그대 아름다움은
내 몸과 마음 엮어 그대를 섬기게 하리라
이 글 내 마음 대신해 바치며
새치 혀 아닌 그대 향한 가슴 보여주리라
내 진심은 커다란데 말주변은 빈약하여
벌거벗은 내 표현들 초라해 보일지라도
나 하고 싶은 말 그대 풍부한 상상력으로
그대는 마음속에 꼬옥 간직해 주길
어디로 가는지 나를 인도하는 별은
내 모습 비추리 은혜로이 우아하게
그대 사랑을 받을 만하게 보이도록
헐벗은 우리 사랑에 화사한 옷 입히리라
내가 그대를 감히 사랑한다고 자랑하려니
그때까진 떠본다 해도 드러내지 않으리라

Lord of my love, to whom in vassalage

Thy merit hath my duty strongly knit,

To thee I send this written ambassage,

To witness duty, not to show my wit.

Duty so great, which wit so poor as mine

May make seem bare, in wanting words to show it,

But that I hope some good conceit of thine

In thy soul's thought, all naked, will bestow it;

Till whatsoever star that guides my moving

Points on me graciously with fair aspect,

And puts apparel on my tottered loving

To show me worthy of thy sweet respect.

  Then may I dare to boast how I do love thee;

  Till then, not show my head where thou mayst prove me.

소네트 27

일에 치이다 서둘러 잠 자러 갑니다
먼 길에 늘어진 팔다리엔 값진 휴식
그 머릿속엔 여행 또 하나 시작되니
몸이 쉬는 사이 마음이 일을 합니다
내게서 멀리 떨어져 있는 그대 향해
가슴이 불타오르며 순례를 떠납니다
감기려는 두 눈 둥그렇게 크게 뜨고
눈먼 자가 보는 어둠 하염없이 보다
내 영혼 상상의 눈이 쓰는 안경으로
그대 그림자를 내 앞에 마주 대하니
까만 밤에 유령처럼 걸린 하얀 보석
어둠 빛내고 주름진 얼굴 펴게 하는
보라, 낮이면 온몸이 밤이면 마음이
그대 위해, 날 위해 쉴 새가 없으니

Weary with toil, I haste me to my bed,

The dear repose for limbs with travel tired,

But then begins a journey in my head

To work my mind, when body's work's expired;

For then my thoughts, from far where I abide,

Intend a zealous pilgrimage to thee,

And keep my drooping eyelids open wide,

Looking on darkness which the blind do see;

Save that my soul's imaginary sight

Presents thy shadow to my sightless view,

Which like a jewel hung in ghastly night,

Makes black night beauteous and her old face new.

  Lo, thus, by day my limbs, by night my mind,

  For thee, and for myself, no quiet find.

소네트 28

쉰다 해도 웃는다 해도 시커먼 절벽
그래도 미소를 하얗게 지어보이려나
낮이 겪는 고민을 밤이 못 풀어주고
밤은 낮, 낮은 밤으로 힘들어하노라
밤과 낮은 자기 색깔 완전히 다른데
손을 잡고 하나 되어 날 괴롭히노니
낮엔 힘든 일로 밤엔 다시 푸념으로
몸도 그대 잊고 눈과 입도 잊으리니
낮에겐 그대 빛나는 자라고 말하노라
구름이 주름 잡아도 빛 잃지 않으니
안색 어두운 밤엔 기분 좋게 하노라
별빛 흐려도 저녁을 금빛으로 두르니
날마다 낮은 내 그림자 길게 늘이고
밤마다 밤은 그 그림자 깊게 하노라

How can I then return in happy plight

That am debarred the benefit of rest,

When day's oppression is not eased by night,

But day by night and night by day oppressed,

And each, though enemies to either's reign,

Do in consent shake hands to torture me,

The one by toil, the other to complain

How far I toil, still farther off from thee?

I tell the day, to please him, thou art bright

And dost him grace when clouds do blot the heaven:

So flatter I the swart-complexioned night,

When sparkling stars twire not, thou gild'st the even.

  But day doth daily draw my sorrows longer,

   And night doth nightly make grief's strength seem stronger.

소네트 29

행운의 여신과 사람들 눈에 창피하다
외로이 버림받은 나는 그렁그렁 눈물
소리치며 울어 대도 하늘은 귀머거리
발자국 돌아보며 내 운명 저주하지요
멋있는 누구처럼 친구 많은 누구처럼
나도 희망 넘치는 그런 사람이었으면
손끝 넓은 밭 남들 한 없이 부럽기만
마음껏 누리면서도 불만은 한 덩어리
망상의 파도에 휩쓸리는 날 비웃다가
그대만 생각하면 가슴은 하늘 날지요
동트기 전 어두운 대지에서 날아올라
문을 열고 해님을 노래하는 노고지리
그대 달콤한 사랑 떠올리면 배부르니
팔자를 왕과 바꾼다 해도 어림없지요

When, in disgrace with Fortune and men's eyes,

I all alone beweep my outcast state,

And trouble deaf heaven with my bootless cries,

And look upon myself and curse my fate,

Wishing me like to one more rich in hope,

Featured like him, like him with friends possessed,

Desiring this man's art, and that man's scope,

With what I most enjoy contented least;

Yet in these thoughts myself almost despising,

Haply I think on thee, and then my state,

Like to the lark at break of day arising

From sullen earth, sings hymns at heaven's gate;

  For thy sweet love rememb'red such wealth brings,

  That then I scorn to change my state with kings.

소네트 30

감미롭고 고요한 명상의 창가에
옛일 떠올리며 기억 불러오는데
내가 찾던 많은 것들 다 어디로
귀한 시간 낭비한 죄 다 어이해
죽음의 밤에 숨은 소중한 친구!
눈물이 난다 메말라 버린 눈에서
오래전에 잊어진 그 애달픈 사랑
사라져버린 아픔 어찌 다 감당해
지난날 비애가 가슴을 후벼 파고
젖어들어 그 사연들 무겁게 지니
전에 치른 고통 하나하나 헤아려
아니 한 듯 새로이 풀어 가리라
친구, 네가 내 가슴 머무는 동안
상처는 아물고, 슬픔은 마르리라

Sonnet 30

When to the sessions of sweet silent thought

I summon up remembrance of things past,

I sigh the lack of many a thing I sought,

And with old woes new wail my dear Time's waste.

Then can I drown an eye, unused to flow,

For precious friends hid in death's dateless night,

And weep afresh love's long since cancelled woe,

And moan th' expense of many a vanished sight:

Then can I grieve at grievances foregone,

And heavily from woe to woe tell o'er

The sad account of fore-bemoaned moan,

Which I new pay as if not paid before.

  But if the while I think on thee, dear friend,

  All losses are restored and sorrows end.

소네트 31

떠나 없어진 거라던 사랑을 모두
그대 가슴이 소중히 안고 있어라
사랑과 그 조각 모두 깃들어있고
땅에 묻었다 여긴 친구들 마음도
얼마나 많은 애도의 눈물 흘렸나
내 눈에서 훔쳐간 경건한 사랑은
죽은 자에 대한 보답으로 나타나
자리 옮겨 그대 몸에 숨어있나니
그대는 파묻힌 사랑이 사는 무덤
떠나간 친구들 기념품 걸려 있는
내게 한 그들 사랑 이젠 그대에게
많은 빚진 사랑 오직 그대 것이니
사랑하던 그들, 그대 속에서 보고
그대, 곧 그들이니 나의 전부여라

Thy bosom is endeared with all hearts

Which I by lacking have supposed dead;

And there reigns love and all love's loving parts,

And all those friends which I thought buried.

How many a holy and obsequious tear

Hath dear religious love stol'n from mine eye,

As interest of the dead, which now appear

But things removed that hidden in thee lie.

Thou art the grave where buried love doth live,

Hung with the trophies of my lovers gone,

Who all their parts of me to thee did give;

That due of many now is thine alone.

  Their images I loved I view in thee,

  And thou, all they, hast all the all of me.

소네트 32

죽음 그 놈이 내 뼈를 먼지로 묻는 날
기꺼이 맞이할 그날보다 그대 더 살면
떠난 연인이 쓴 이 볼품없고 거친 시를
다행히 그대가 다시 한 번 읽게 되거든
평판 좋은 그때 시들과 견주어 보기를
내 시가 비록 한참 별 볼 일 없다 해도
내 시라서가 아닌 사랑으로 간직해주길
복 많은 시인들 탁월함엔 한참 못 해도
날 아껴주고 사랑으로 이리 생각해주길
"내 친구 시상이 시대에 맞게 자랐다면
그 사랑은 이보다 더한 값진 시를 쓰고
멋지게 치장한 시인들과 함께했을 것을
그는 가고 시인들 더 나으니, 읽으리라
다른 시인에선 기교를 그에게선 사랑을"

If thou survive my well-contented day,

When that churl Death my bones with dust shall cover,

And shalt by fortune once more resurvey

These poor rude lines of thy deceased lover,

Compare them with the bett'ring of the time,

And though they be outstripped by every pen,

Reserve them for my love, not for their rhyme,

Exceeded by the height of happier men.

O, then vouchsafe me but this loving thought:

"Had my friend's Muse grown with this growing age,

A dearer birth than this his love had brought,

To march in ranks of better equipage;

But since he died, and poets better prove,

Theirs for their style I'll read, his for his love."

소네트 33

영광스런 아침 해를 수없이 보았지요
제왕의 눈길로 산봉우리 빛나게 하고
금 조각 얼굴로 푸른 들판 입 맞추며
연금술로 시냇물에 금빛 흐르게 하나
성스러운 얼굴엔 다시 상스러운 구름
어느새 추한 조각들로 스멀스멀 가려
황량한 세상이 감춰버린 금빛 얼굴은
치욕스레 몰래 서쪽으로 굴러 가지요
내 해님도, 어느 이른 아침에 이처럼
내 얼굴 눈부시게 빛나도록 비추다가
아 한스럽게 딱 그 순간만 내 것이라
지금은 구름이 내 해님을 가려버리니
그래도 내 사랑 조금도 탓 안 하지요
해도 때가 묻듯이 내 님도 그러 하니

Full many a glorious morning have I seen

Flatter the mountain tops with sovereign eye,

Kissing with golden face the meadows green,

Gilding pale streams with heavenly alchemy;

Anon permit the basest clouds to ride

With ugly rack on his celestial face,

And from the forlorn world his visage hide,

Stealing unseen to west with this disgrace.

Even so my sun one early morn did shine,

With all triumphant splendor on my brow;

But out alack, he was but one hour mine,

The region cloud hath masked him from me now.

  Yet him for this my love no whit disdaineth;

  Suns of the world may stain when heaven's sun staineth.

소네트 34

어이해 화창한 날 약속을 하여
비옷도 없이 나를 떠나게 하고
도중에 저 먹구름 만나게 하나
그대 빛은 먹물에 튀고 가리다

그대로 구름 사이 불쑥 나타나
얼룩진 내 얼굴 말린다 하여도
눈물 아닌 상처는 마르지 못해
그런 손길 누가 고맙다 여기리

부끄러워도 내 슬픔 낫지 않아
후회해도 내 아픔 아물지 않지
커다란 십자가 짊어진 자에겐
그대 슬픔은 초라한 위안일 뿐

허나 그대 떨구는 눈물은 진주
장미 가시 끝 영롱하게 매달린

Why didst thou promise such a beauteous day,

And make me travel forth without my cloak,

To let base clouds o'ertake me in my way,

Hiding thy brav'ry in their rotten smoke?

'Tis not enough that through the cloud thou break,

To dry the rain on my storm-beaten face,

For no man well of such a salve can speak,

That heals the wound, and cures not the disgrace.

Nor can thy shame give physic to my grief;

Though thou repent, yet I have still the loss:

The offender's sorrow lends but weak relief

To him that bears the strong offence's cross.

  Ah, but those tears are pearl which thy love sheds,

  And they are rich and ransom all ill deeds.

소네트 35

그대가 저지른 일 더는 슬퍼 말기를
장미엔 가시가 샘물엔 진흙 있는 법
해도 달도 가려지고 빛 잃기도 해요
아름다운 꽃봉오리엔 징그러운 벌레
누구나 넘어지고 다 그래요 나 역시
크다 작다 대보다 못 본 척 아닌 척
그대 묻은 때마저 내 손에다 묻히고
나서서 감싸 안으니 나는 썩은 사과
그대 욕망에도 내 이성이 떠받들어
미워하다가도 그대를 편들게 되지요
내가 나를 세워놓고 따져나 보려니
사랑과 미움이 내 가슴에서 싸우다
나도 모르게 이리도 공범일 수밖에
가슴 시리게 훔쳐간 달콤한 도둑과

No more be grieved at that which thou hast done:

Roses have thorns, and silver fountains mud,

Clouds and eclipses stain both moon and sun,

And loathsome canker lives in sweetest bud.

All men make faults, and even I in this,

Authorizing thy trespass with compare,

Myself corrupting, salving thy amiss,

Excusing thy sins more than thy sins are;

For to thy sensual fault I bring in sense ⎯

Thy adverse party is thy advocate ⎯

And 'gainst myself a lawful plea commence.

Such civil war is in my love and hate

  That I an accessary needs must be

  To that sweet thief which sourly robs from me.

소네트 36

사람은 둘일지라도
사랑은 하나이리라
허물만 남겨진대도
혼자서 감당하리라
이별이 끼어들어도
설렘은 여전하리니
짓궂게 밀어내어도
향기는 밀려오리라
안다고 아니하리니
그대로 그대이도록
내게서 물러서기를
그래야 행복이라면
그래도 나의전부라
아픔도 사랑이어라

Sonnet 36

Let me confess that we two must be twain,

Although our undivided loves are one.

So shall those blots that do with me remain,

Without thy help, by me be borne alone.

In our two loves there is but one respect,

Though in our lives a separable spite,

Which though it alter not love's sole effect,

Yet doth it steal sweet hours from love's delight.

I may not evermore acknowledge thee,

Lest my bewailed guilt should do thee shame,

Nor thou with public kindness honor me,

Unless thou take that honor from thy name.

  But do not so; I love thee in such sort

  As, thou being mine, mine is thy good report.

소네트 37

자식이 젊은 만큼 팔팔하게 행동하면
늙은 아버지가 마냥 좋아 즐거워하듯
운명이 저주하여 절름발이가 된 나는
그대 가치와 진실에서 위안 얻으리라
그대가 지닌 미모 혈통 재산 지혜 중
최고의 왕관을 씌울만한 그대 미덕이
하나인지 전부인지 더 있는지 몰라도
나는 내 사랑 여기에다 접목시키노라
불구자 가난뱅이도 더는 아니 하려니
이런 바람 하나 둘 피부에 와 닿으면
그대의 풍요로움 속에 나도 만족하고
영광스런 그대 삶의 일부로 살아가리
최상의 것은 뭐든 그대에게 깃들기를
이리 꿈을 꾸니 열 배 더 행복하여라

As a decrepit father takes delight

To see his active child do deeds of youth,

So I, made lame by Fortune's dearest spite,

Take all my comfort of thy worth and truth.

For whether beauty, birth, or wealth, or wit,

Or any of these all, or all, or more,

Entitled in their parts do crowned sit,

I make my love engrafted to this store.

So then I am not lame, poor, nor despised

Whilst that this shadow doth such substance give

That I in thy abundance am sufficed

And by a part of all thy glory live.

  Look, what is best, that best I wish in thee.

  This wish I have, then ten times happy me!

소네트 38

그대가 숨 쉬면 내 시도 살아 숨 쉬리
숨결은 시상 되어 창작으로 내게 오리
수려하여 속된 지면엔 담을 수 없으니
그대는 그 자체로 달콤한 시어가 되리
내 시가 행여 읽을거리라 눈길 끈다면
내가 아닌 그대 자신에게 감사 전하길
시 쓰는 항해에서 그대가 등대 되리니
시를 바치지 못할 뭇 벙어리 있을까나
시인들이 불러내는 닳아버린 시상보다
열 배나 빛나는 시로 기꺼이 다가오길
그리하여 그대를 불러내는 시인에게는
세월 넘는 불멸의 시가 노닐도록 하길
미미한 시로 팍팍한 얼굴 미소 지으면
노고는 내 몫이요 열매는 그대 몫이라

How can my Muse want subject to invent,

While thou dost breathe, that pour'st into my verse

Thine own sweet argument, too excellent

For every vulgar paper to rehearse?

O, give thyself the thanks, if aught in me

Worthy perusal stand against thy sight;

For who's so dumb that cannot write to thee

When thou thyself dost give invention light?

Be thou the tenth Muse, ten times more in worth

Than those old nine which rhymers invocate;

And he that calls on thee, let him bring forth

Eternal numbers to outlive long date.

  If my slight Muse do please these curious days,

  The pain be mine, but thine shall be the praise.

소네트 39

아 어찌해야 그대 진가를 폼 나게 노래할까나
그대는 내가 지닌 좋은 점을 다 갖고 있는 걸
내가 나를 칭찬한들 뭐라도 얻는 게 있을까나
그대를 칭찬하면 곧 나를 칭찬하는 것이려니
그러니 맞잡은 손 내려놓고 떨어져 지내봐요
우리 소중한 사랑 하나 이름으로 불리지 않게
이렇게 헤어져서 그대에게 맘껏 드리고 싶으니
그대 혼자서 받고 누릴 수 있는 그대만의 것을
아, 비어 있는 한쪽 가슴은 얼마나 찢어질까나
그대 쓰라린 여유가 달콤한 허가를 내어주어
사랑 생각만으로도 시간 어이 가는 줄 모르게
시간과 상념을 이리 달콤하게 달래지 않으면
떨어져 있다 해도 여기에서 그대를 찬미하여
하나를 둘로 만드는 법을 가르쳐주지 않으면

O, how thy worth with manners may I sing,

When thou art all the better part of me?

What can mine own praise to mine own self bring,

And what is't but mine own when I praise thee?

Even for this, let us divided live,

And our dear love lose name of single one,

That by this separation I may give

That due to thee which thou deserv'st alone.

O, absence, what a torment wouldst thou prove,

Were it not thy sour leisure gave sweet leave

To entertain the time with thoughts of love,

Which time and thoughts so sweetly doth deceive,

  And that thou teachest how to make one twain

  By praising him here who doth hence remain.

소네트 40

애인이여, 내가 사랑하는 사람들 다 뺏어 가기를
그런들 이미 가진 것 외에 무엇을 더 얻으려는지
그대, 진실한 사랑이라 부를 사랑 따로 없으련만
더 가지려 하기 전에 나의 전부는 이미 그대거늘
내 사랑 얻기 위해 내 친구를 받아들이는 거라면
그대 탓 할 수 없으리라 사랑을 이용한 것뿐이니
하지만 좋아하지도 않으면서 사랑을 갖고 논다면
그대는 비난받아 마땅하리니 사랑 속이는 것이라
멋진 도둑이여 나는 그대의 도둑질을 용서하리라
초라하기만 한 내 것 모두 그대가 훔쳐간다 해도
하지만 사랑이라면 알리라 증오가 주는 상처보다
사랑 이름으로 하는 거짓 참는 게 더한 눈물임을
악한데 선함을 보여주는 음탕하고 우아한 미소여
앙심으로 날 없애도 가를 수 없으리 우리 사랑은

Take all my loves, my love, yea take them all;

What hast thou then more than thou hadst before?

No love, my love, that thou mayst true love call;

All mine was thine, before thou hadst this more.

Then if for my love thou my love receivest,

I cannot blame thee for my love thou usest;

But yet be blamed, if thou this self deceivest

By wilful taste of what thyself refusest.

I do forgive thy robb'ry, gentle thief,

Although thou steal thee all my poverty;

And yet love knows it is a greater grief

To bear love's wrong than hate's known injury.

  Lascivious grace, in whom all ill well shows,

  Kill me with spites; yet we must not be foes.

소네트 41

때로는 그대 마음에서 멀어져도
방종이 저지른 하찮은 잘못들은
그대 고우니 젊음에 어울리리라
그대 있으면 늘 유혹 있기 마련
우아하니 그대 꽃이라 따려하고
아름다워 다들 들이대 탐내리라
여인이 맘먹고 접근하면 남자는
돌부처마냥 가만히 있지 못하리
아 그대가 내 자리 피해서 가니
그대의 미모와 혈기를 탓하리라
방탕으로 이끌리다 보면 그대는
끝내 이중으로 믿음을 깨뜨리니
그대의 미모로 여인을 유혹하고
나마저 속이니 믿음은 헤매리라

Those petty wrongs that liberty commits,

When I am sometime absent from thy heart,

Thy beauty and thy years full well befits,

For still temptation follows where thou art.

Gentle thou art, and therefore to be won;

Beauteous thou art, therefore to be assailed;

And when a woman woos, what woman's son

Will sourly leave her till she have prevailed?

Ay me, but yet thou might'st my seat forbear,

And chide thy beauty and thy straying youth,

Who lead thee in their riot even there

Where thou art forced to break a twofold truth:

   Hers, by thy beauty tempting her to thee,

   Thine, by thy beauty being false to me.

소네트 42

그대 그 여인 가져도 난 슬프지 않아
그녀를 더없이 사랑해 보았다 하려니
그녀가 그대 차지하니 가슴 막히리라
구멍 뚫린 사랑 소리쳐 울 줄 모르니

사랑 훔쳐간 자들아 이리 용서하리라
내가 그녀에 빠졌는데 그대가 젖으니
나를 위해 나를 그녀가 저버렸는지도
내 벗에게 그녀를 기꺼이 맡겨보리라

그대 잃으면 내 손실 그녀 이득 되고
그녀 잃으면 내 손실 그대 이득 되리
둘은 서로 얻고 나는 둘 다 잃어버려
둘은 나에게 십자가 짊어지라 하려니

허나 기쁘게도 벗과 나는 하나이기에
달콤한 아부, 그녀 나만을 사랑한다는

That thou hast her, it is not all my grief,

And yet it may be said I loved her dearly;

That she hath thee is of my wailing chief,

A loss in love that touches me more nearly.

Loving offenders, thus I will excuse ye:

Thou dost love her, because thou know'st I love her,

And for my sake even so doth she abuse me,

Suff'ring my friend for my sake to approve her.

If I lose thee, my loss is my love's gain,

And losing her, my friend hath found that loss:

Both find each other, and I lose both twain,

And both for my sake lay on me this cross:

  But here's the joy: my friend and I are one;

  Sweet flattery! then she loves but me alone.

소네트 43

뜨고 있을 땐 뭔가 흐릿하게 보다가
감을 때 눈은 가장 선명하게 봅니다
잠들면 꿈에서 눈 떠 바라보는 그대
어스름한 빛은 어두워질수록 더 빛납니다
그대는 자기 그늘로 남들 그늘 밝게 하고
그대 그림자는 행복을 그리는 그림입니다
밝은 날을 위하여 그대 더욱 밝은 빛으로
보지 못하는 눈에 빛을 주는 그대 그림자
생기 흐르는 날 그대 바라보면
내 눈은 얼마나 축복 받을까요
깊은 밤 깊은 잠을 뚫고 캄캄한 눈에
그대 그림자 아련하게 머물러 있지요
그대 볼 때까지는 낮이라도 온통 시커먼 밤입니다
꿈에서라도 그대 본다면 그 밤은 빛나는 낮입니다

When most I wink, then do mine eyes best see,

For all the day they view things unrespected,

But when I sleep, in dreams they look on thee

And, darkly bright, are bright in dark directed.

Then thou, whose shadow shadows doth make bright,

How would thy shadow's form form happy show

To the clear day with thy much clearer light,

When to unseeing eyes thy shade shines so!

How would, I say, mine eyes be blessed made,

By looking on thee in the living day,

When in dead night thy fair imperfect shade

Through heavy sleep on sightless eyes doth stay!

  All days are nights to see till I see thee,

  And nights bright days when dreams do show thee me.

소네트 44

둔한 내 몸 생각처럼 가벼우면
끔찍이 멀어도 나를 못 막지요
아무리 먼 곳에 그대 머물러도
거기 어디든 내 발자국 남기고
머나먼 땅 끝이 그곳이라 해도
내 발걸음 구름 따라 따르지요
그대 있을 곳 생각하기만 하면
이내 바람 되어 산 넘어가지요
그대 떠나고 몸은 마음과 달라
못 가벼워 가슴은 시려 죽지요
물과 흙으로 빚고 빚어진 나는
때가 되길 또다시 기다릴 밖에
이리 꿈을 꾸는 달팽이라 나는
이슬로 눈물로 내 몸 두르지요

If the dull substance of my flesh were thought,

Injurious distance should not stop my way,

For then despite of space I would be brought,

From limits far remote, where thou dost stay.

No matter then although my foot did stand

Upon the farthest earth removed from thee;

For nimble thought can jump both sea and land,

As soon as think the place where he would be.

But, ah, thought kills me that I am not thought,

To leap large lengths of miles when thou art gone,

But that so much of earth and water wrought,

I must attend time's leisure with my moan,

  Receiving nought by elements so slow

  But heavy tears, badges of either's woe.

소네트 45

가벼운 바람과 정화해주는 불은 서로 달라도
그대 곁에 함께 머물리라 내가 어디에 있든
하나는 나의 생각 또 하나는 나의 욕망으로
있는 듯 없는 듯 둘은 발 빠르게 오고 가리
사랑을 전하는 다정한 전령이 되어 이들은
그대에게 사랑 달콤하게 속삭이러 가버리면
바람도 불도 없이 내 목숨은 껍데기만 살아
우울함에 짓눌려 죽도록 눌려 가라앉으려니
그대에게서 전령이 바람을 따라 되돌아오고
그대가 안 아프다 잘 있다 귓속말을 전하니
내 생명도 새 기운을 얻어 새록새록 피어나
그대가 편히 있는 만큼 내 생명 회복되리라
웃음꽃 이리 피우다 전령 다시 돌려보내면
금세 시들해져 이어 슬픔은 늪을 헤매리라

The other two, slight air and purging fire,

Are both with thee, wherever I abide;

The first my thought, the other my desire,

These present-absent with swift motion slide.

For when these quicker elements are gone

In tender embassy of love to thee,

My life, being made of four, with two alone

Sinks down to death, oppressed with melancholy;

Until life's composition be recured

By those swift messengers returned from thee,

Who even but now come back again, assured

Of thy fair health, recounting it to me.

  This told, I joy, but then no longer glad,

  I send them back again, and straight grow sad.

소네트 46

그대 모습을 전리품으로 가지고자
눈과 가슴은 목숨 걸고 치고 박지
눈은 가슴이 초상화 보는 걸 막고
가슴은 눈이 눈길 못 주도록 막아
그대 이미 내 가슴에 있다 우기니
수정 같은 눈도 못 보는 밀실이라
내 눈은 눈 부릅뜨며 주장 반박해
멋진 그대는 오직 두 눈에 있다고
소유권 가리려고 선임된 생각들은
가슴 곳곳 세 들어 사는 입주자들
생각하고 생각해 판결이 내려지니
맑은 눈에 반쪽 고운 가슴에 반쪽
내 눈 몫은 한눈에 반하는 외모요
내 가슴 몫은 가슴속 절절한 사랑

Mine eye and heart are at a mortal war

How to divide the conquest of thy sight;

Mine eye my heart thy picture's sight would bar,

My heart mine eye the freedom of that right.

My heart doth plead that thou in him dost lie ⎯

A closet never pierced with crystal eyes;

But the defendant doth that plea deny,

And says in him thy fair appearance lies.

To 'cide this title is impaneled

A quest of thoughts, all tenants to the heart;

And by their verdict is determined

The clear eye's moiety, and the dear heart's part:

  As thus ⎯ mine eye's due is thy outward part,

  And my heart's right thy inward love of heart.

소네트 47

내 눈과 가슴이 입 모아 발맞추어
서로 힘 되어 주자 손가락 걸리라
그대 보고파 내 눈이 몸부림칠 때
한숨으로 내 가슴이 숨이 막힐 때
눈은 그대 그림으로 잔치를 베풀어
그대 향기로 내 가슴을 불러오리라
때론 눈은 가슴이 불러낸 손님으로
사랑하는 감정 한 몫을 차지하리라
그대 그림으로 아니면 내 사랑으로
멀리 있어도 그대 나와 함께하려니
내가 생각한 곳만큼만 그대 떠나길
늘 머리는 온통 그대하고만 뒹굴어
그리다 눈감으면 눈에 머문 그림이
가슴을 깨워 가슴은 눈웃음 지으리

Betwixt mine eye and heart a league is took,

And each doth good turns now unto the other.

When that mine eye is famished for a look,

Or heart in love with sighs himself doth smother,

With my love's picture then my eye doth feast

And to the painted banquet bids my heart.

Another time mine eye is my heart's guest

And in his thoughts of love doth share a part.

So, either by thy picture or my love,

Thyself away are present still with me;

For thou not farther than my thoughts canst move,

And I am still with them, and they with thee;

  Or, if they sleep, thy picture in my sight

  Awakes my heart to heart's and eye's delight.

소네트 48

길 떠날 때면 얼마나 조심하는지
사소한 것도 단단히 자물쇠 채워
사악한 손이 함부로 사용 못하게
돌아와 또 쓰려고 안전하게 두니
그대에게 내 보석은 하찮을 수도
그대는 위안인데 지금은 큰 슬픔
가장 귀한 선물 유일한 걱정거리
온갖 상스런 도둑들의 먹이 되니
그대를 장롱 속에 숨기지 못하고
내 가슴 고요한 밀실에 감춰두리
있는 듯 없는 듯 가만 보면 없고
그대 마음대로 드나들 수 있으리
거기서도 도둑맞을까 가슴조이니
진심마저, 값지다고 훔쳐 가려나

How careful was I, when I took my way,

Each trifle under truest bars to thrust,

That to my use it might unused stay

From hands of falsehood, in sure wards of trust!

But thou, to whom my jewels trifles are,

Most worthy of comfort, now my greatest grief,

Thou best of dearest, and mine only care,

Art left the prey of every vulgar thief.

Thee have I not locked up in any chest,

Save where thou art not, though I feel thou art,

Within the gentle closure of my breast,

From whence at pleasure thou mayst come and part;

  And even thence thou wilt be stol'n, I fear,

  For truth proves thievish for a prize so dear.

소네트 49

내 못난 흠 보고 눈살 찌푸릴 때
그대 사랑이 마지막 계산을 하고
생각 끝에 내게 청산을 요구하는
그러한 때 온다면 이렇게 하려니
그대 날 못 본 듯이 지나쳐 가고
빛나는 해님 눈으로 인사도 없이
낯설어진 내 사랑 어색하게 굴고
날 외면할 커다란 이유 찾는다면
말 안 해도 그 아픔을 안다 하고
물러날 자리 여기 내가 마련하리
그대 편에서 합당한 이유 찾아내
내 손가락 가슴 모르게 약속하리
날 버려도 그대 그리도 좋아하니
사랑한단 말은 눈물 속에 감추리

Sonnet 49

Against that time, if ever that time come,

When I shall see thee frown on my defects,

Whenas thy love hath cast his utmost sum,

Called to that audit by advised respects;

Against that time when thou shalt strangely pass,

And scarcely greet me with that sun, thine eye,

When love, converted from the thing it was,

Shall reasons find of settled gravity.

Against that time do I ensconce me here

Within the knowledge of mine own desart,

And this my hand against myself uprear,

To guard the lawful reasons on thy part.

  To leave poor me thou hast the strength of laws,

  Since why to love I can allege no cause.

소네트 50

발도 가슴도 무겁게 끌며 돌아가다
고달픈 시간 끝 내가 찾는 그 무엇
평안과 안식에게 이리 말하게 하리
"너는 친구에게 이토록 멀어졌구나"
말은 나를 태우고 슬픔마저 태우고
삶의 무게에 겨워 이리도 느릿느릿
그대에게 더 천천히 멀어지고 싶은
젖은 내 가슴 무겁다 탓 아니 하리
옆구리 피 나도록 박차를 가한대도
화나서 가시가 되어 가죽 찔러대도
말은 신음소리가 더 구슬퍼 무거워
박차보다 찢어지게 내 귓가 울리리
말도 없이 신음은 가슴에 젖어들어
슬픔 앞서가고 기쁨 졸졸 따라가지

How heavy do I journey on the way

When what I seek, my weary travel's end,

Doth teach that ease and that repose to say,

"Thus far the miles are measured from thy friend."

The beast that bears me, tired with my woe,

Plods dully on, to bear that weight in me,

As if by some instinct the wretch did know

His rider loved not speed, being made from thee.

The bloody spur cannot provoke him on,

That sometimes anger thrusts into his hide,

Which heavily he answers with a groan,

More sharp to me than spurring to his side;

  For that same groan doth put this in my mind:

  My grief lies onward and my joy behind.

소네트 51

그대에게서 나 속절없이 멀어져갈 때
날 태운 말 느릿느릿해도 내 사랑이 용서하리라
그대 있는 곳에서 어찌 서둘러 내가 떠나가리오
나 돌아가기 전엔 달려갈 일 없으련만
아, 가련한 말은 어떤 변명 찾을까나?
돌아갈 때, 말이 발 안 보이게 달려도
바람 타고 달려도 박차를 가해야 하리
발에 날개 달아도 내 가슴보다 느리니
어떤 말도 내 욕망과 발맞추지 못하리라
완전한 사랑으로 달구어진 나의 욕망은
우둔한 육체 아니니 불길처럼 내달리며 내지르리라
하지만 사랑 위해 사랑은 내 야윈 말을 용서하리라
그대로부터 떠날 때 말은 일부러 느리게 갔으니
그대에게 돌아갈 땐 말은 걷게 하고 내가 달리리라

Thus can my love excuse the slow offence

Of my dull bearer when from thee I speed:

From where thou art why should I haste me thence?

Till I return, of posting is no need.

O, what excuse will my poor beast then find

When swift extremity can seem but slow?

Then should I spur, though mounted on the wind,

In winged speed no motion shall I know.

Then can no horse with my desire keep pace;

Therefore desire, of perfect'st love being made,

Shall neigh(no dull flesh) in his fiery race;

But love, for love, thus shall excuse my jade:

  Since from thee going he went wilful slow,

  Towards thee I'll run and give him leave to go.

소네트 52

부자들이 행운의 열쇠로 여는 달콤한 보물
그러한 보물 여는 열쇠가 내게도 있으리라
부자는 보물을 시간마다 살피지 아니 하니
흔치 않는 기쁨을 무디게 하지 아니함이라
그러니 향연은 오랜 세월 드문드문 있어야
더 장엄하고 진귀하다 하리라
희귀하여 가치 있는 보석과도 같고
목걸이 사이 가장 빛나는 진주려니
보석함처럼 그대를 지키는 시간도 그러하리
귀한 예복을 옷장이 숨겨놓듯이
숨겨둔 자랑거리 새로이 꺼내어
특별한 순간을 특별한 즐거움으로 맞으리라
그대는 축복받아 복이 끝없으니
그대 있으면 환희, 없으면 희망이 있으리라

So am I as the rich, whose blessed key

Can bring him to his sweet up-locked treasure,

The which he will not ev'ry hour survey,

For blunting the fine point of seldom pleasure.

Therefore are feasts so solemn and so rare,

Since, seldom coming, in the long year set,

Like stones of worth they thinly placed are,

Or captain jewels in the carcanet.

So is the time that keeps you as my chest,

Or as the wardrobe which the robe doth hide,

To make some special instant special blest,

By new unfolding his imprisoned pride.

  Blessed are you whose worthiness gives scope,

  Being had, to triumph, being lacked, to hope.

소네트 53

거울 속 그대가 누구이며 뭐라고
숱한 낯선 그림자 그대 섬기는지
누구나 그림자 단지 하나 있는데
그대만 뭇 그림자 드러내 보이니
제아무리 아도니스를 그려보아도
초상은 그대 서툴게 본뜬 것이고
여신 헬렌 뺨에 기교를 부려대도
그리스 차림의 그대 그린 것이라
봄을 말하고 가을 풍요 노래하면
봄은 아름다운 그대 모습 보이고
가을은 풍요 드러낸 그대 그림자
모든 축복에 그대 모습 있으리라
온갖 우아함에 그대 담겨 있어도
아무도 못 닮아 한결같은 마음은

What is your substance, whereof are you made,

That millions of strange shadows on you tend?

Since everyone hath, every one, one shade,

And you, but one, can every shadow lend.

Describe Adonis, and the counterfeit

Is poorly imitated after you;

On Helen's cheek all art of beauty set,

And you in Grecian tires are painted new.

Speak of the spring and foison of the year;

The one doth shadow of your beauty show,

The other as your bounty doth appear,

And you in every blessed shape we know.

In all external grace you have some part,

But you like none, none you, for constant heart.

소네트 54

아름다움이 얼마나 더 아름다워 보이는가!
진실이 주는 그 고운 장식으로
장미는 아름다우나 더 아름다워 보이는 건
꽃 속에 달콤한 향기가 살아있기 때문이라
들장미 더욱 짙게 물든 꽃잎은
장미가 품은 향기로운 빛깔로 물든 것이라
가시 있는 가지에 매달려 살랑대며 놀려니
여름 숨결이 꽃봉오리 가면을 벗길 때까지
허나 들장미가 지닌 매력 겉보기만 그러해
사랑도 존경도 받지 못하고 홀로 시들시들
향기 품은 장미는 조금도 그렇지 않으려니
아름다운 죽음 더없는 진한 향기 남기리라
그대도 그러하리라 미모는 시들어가더라도
진한 향기로 그대 진실은 시에 우러나리라

O, how much more doth beauty beauteous seem,

By that sweet ornament which truth doth give!

The rose looks fair, but fairer we it deem

For that sweet odor which doth in it live.

The canker blooms have full as deep a dye,

As the perfumed tincture of the roses,

Hang on such thorns, and play as wantonly,

When summer's breath their masked buds discloses;

But, for their virtue only is their show,

They live unwooed and unrespected fade,

Die to themselves. Sweet roses do not so;

Of their sweet deaths are sweetest odors made.

  And so of you, beauteous and lovely youth,

  When that shall vade, my verse distills your truth.

소네트 55

대리석도 군주의 황금빛 기념비도
이 시보다 더 오래 살지 못하리라
세월 때 끼고 먼지 쌓인 비석보다
이 시에서 그대 더 밝게 빛나리라
전쟁이 헛힘으로 동상 무너뜨리고
피비린내로 초석을 뽑아갈 때에도
휘두르는 칼날도 번져가는 불길도
그대 숨 쉬는 기억을 못 사르리라
죽음과 모두 잊게 하는 적에 맞서
전진해가리라 그대를 향한 예찬은
이어지고 이어지니 눈에서 눈으로
세상이 끝나는 날까지 간직되리라
다시 팔딱거리는 그날까지 그대는
내 시에 연인 눈 속에 머무르리라

Sonnet 55

Not marble, nor the gilded monuments

Of princes, shall outlive this pow'rful rhyme,

But you shall shine more bright in these contents

Than unswept stone, besmeared with sluttish time.

When wasteful war shall statues overturn,

And broils root out the work of masonry,

Nor Mars his sword nor war's quick fire shall burn

The living record of your memory.

'Gainst death and all oblivious enmity

Shall you pace forth; your praise shall still find room

Even in the eyes of all posterity

That wear this world out to the ending doom.

  So, till the judgment that yourself arise,

  You live in this, and dwell in lover's eyes.

소네트 56

사랑하는 그대여 정력을 새롭게 하라
예리한 칼끝 무디다는 말 듣지 않게
식욕은 채워지면 오늘 바로 풀어지나
내일은 이전 힘 되찾아 날카로워지니
사랑아 그대도 그러려니 굶주린 눈이
지금은 배불러 감기도록 채운다 해도
내일 다시 사랑이 고파 눈 뜨게 되리
참사랑 둔감하다 죽일 수는 없으리라
서글픈 사이 두 땅 떼어놓는 큰 바다
약혼한 두 사람은 매일 땅 끝에 서서
서로 사랑이 되돌아오길 두 손 모으니
그 모습 한층 더 축복 되어 보이리라
이때를 걱정 많은 겨울이라 부른다면
여름 오길 세 배 바라고 더 아끼리라

Sweet love, renew thy force; be it not said

Thy edge should blunter be than appetite,

Which but today by feeding is allayed,

Tomorrow sharp'ned in his former might.

So, love, be thou; although today thou fill

Thy hungry eyes even till they wink with fullness,

Tomorrow see again, and do not kill

The spirit of love with a perpetual dullness.

Let this sad int'rim like the ocean be

Which parts the shore where two contracted new

Come daily to the banks, that, when they see

Return of love, more blest may be the view;

  Else call it winter, which being full of care,

    Makes summer's welcome thrice more wished, more

    rare.

소네트 57

늘 그대 바라보는 난 해바라기
따르는 일 말고 무엇을 하리오
그대가 내 이름 불러줄 때까지
귀중한 시간도 할 일도 없지요
그대 기다리며 시계 보는 동안
떠나는 시간 나무랄 수도 없고
한번 그대 내게 가버리라 하면
가슴 타들어도 뭐라 안 하지요
그대 어디에 있나 무엇을 하나
내 눈물 시샘해도 아니 묻지요
그대 가는 곳마다 가슴 따라가
함께한 사람 웃음 짓게 하고픈
사랑은 믿고 섬기는 착한 바보
무엇을 하건 다 좋다고만 하는

Being your slave, what should I do but tend

Upon the hours and times of your desire?

I have no precious time at all to spend,

Nor services to do till you require.

Nor dare I chide the world-without-end hour

Whilst I, my sovereign, watch the clock for you,

Nor think the bitterness of absence sour

When you have bid your servant once adieu.

Nor dare I question with my jealous thought

Where you may be, or your affairs suppose,

But, like a sad slave, stay and think of naught

Save where you are how happy you make those.

  So true a fool is love that in your will,

  Though you do any thing, he thinks no ill.

소네트 58

처음부터 너만 바라보라 있는 거지 나는
너의 즐거운 시간 맘대로 관여하지 말기
시간 어떻게 보내는지 더는 묻지도 말기
난 영원한 너의 그림자 한가하면 부르길
멋대로 하다 갇힌 방종이 불러낸 이별을
하라는 대로 그저 참고 견디고 견디려니
고약한 인내 참는데 익숙하지 뭐라 하든
누가 널 흉봐도 듣지도 끼지도 않으려니
어디에 있건 특권이 하고픈 대로 뭐든지
시간을 마음대로 쓰는 권리도 너의 손에
스스로 저지른 잘못도 그 잘못 용서함도
온전히 네 자신에게 달려 있다고 하려니
그저 기다릴 뿐 기다림이 지옥이라 해도
네가 즐겨도, 죽어도 뭐라 탓 아니 하리

That god forbid that made me first your slave

I should in thought control your times of pleasure,

Or at your hand th' account of hours to crave,

Being your vassal bound to stay your leisure.

O, let me suffer, being at your beck,

Th' imprisoned absence of your liberty;

And patience, tame to sufferance, bide each check,

Without accusing you of injury.

Be where you list, your charter is so strong

That you yourself may privilege your time

To what you will; to you it doth belong

Yourself to pardon of self-doing crime.

  I am to wait, though waiting so be hell,

  Not blame your pleasure, be it ill or well.

소네트 59

새로 내놓아도 새로운 것 없으면
우리 머리는 여전히 속는 거지요
기 쓰고 애쓰며 창작한다 하지만
이미 낳은 아기를 두 번 낳는 짓
아 시간 거슬러 올라 들여다보면
해님이 오백 번이나 돌기 이전에
사랑의 마음 애초에 문자로 남아
옛 책에 그려진 사랑이 있으리라
이 조화롭고 경이로운 그대 보면
옛사람은 뭐라 말할 수 있으려나
우리가 나은지 그들이 더 나은지
세월 변해가도 다 같은 사랑인지
아 옛 시인은 분명 찬미했으리라
내 사랑보다 더 못한 사랑에게도

If there be nothing new, but that which is

Hath been before, how are our brains beguiled,

Which, laboring for invention, bear amiss

The second burden of a former child!

O, that record could with a backward look,

Even of five hundred courses of the sun,

Show me your image in some antique book,

Since mind at first in character was done;

That I might see what the old world could say

To this composed wonder of your frame;

Whether we are mended, or whether better they,

Or whether revolution be the same.

  O, sure I am the wits of former days

  To subjects worse have given admiring praise.

소네트 60

조약돌 깔린 해변으로 파도 들이치듯
우리의 시간도 끝을 향해 달려갑니다
앞서거니 뒤서거니 자리를 바꿔 가며
기를 쓰고 다툽니다 먼저 나아가려고
애초 빛의 바다에서 태어난 간난아이
성숙을 향해 기어가고 정상을 지나서
점점 허리가 굽어 영광을 갉아먹으며
시간이 갖다 준 선물을 망가뜨립니다
시간은 청춘이 빚어낸 꽃을 변모시켜
곱디고운 이마에 평행선 여럿 파놓아
자연의 진귀한 진실마저 삼켜 버리니
시간의 낫이 스쳐간 자리엔 흔적만이
허나 잔인한 손길에도 시는 살아남아
그대 아름답다 찬미하려니 나 없이도

Like as the waves make towards the pebbled shore,

So do our minutes hasten to their end;

Each changing place with that which goes before,

In sequent toil all forwards do contend.

Nativity, once in the main of light,

Crawls to maturity, wherewith being crowned,

Crooked eclipses 'gainst his glory fight,

And Time that gave doth now his gift confound.

Time doth transfix the flourish set on youth,

And delves the parallels in beauty's brow,

Feeds on the rarities of nature's truth,

And nothing stands but for his scythe to mow:

  And yet to times in hope my verse shall stand,

  Praising thy worth, despite his cruel hand.

소네트 61

고달픈 밤에도 그대 그리면서
날 뜬눈으로 지새우게 하려나
널 닮은 그림자 내 눈 속이고
선잠 깨우더니 모른 척이더라
멀리 있다 해도 그대 마음은
내게로 와 몰래 살피는 구나
한가한 때 부끄러운 짓 없는지
그대 질투는 발 없이 스멀스멀
그대 사랑은 크긴 하나 그리 커 보이진 않아
내가 하는 사랑만 뜬눈으로 밤을 지새우나봐
진정한 사랑은 내 안식 멀리하여 쫓아버리니
언제나 그대 지키는 파수꾼은 바로 나이거늘
내게서 멀리 떨어지고 다른 사람 가까이해도
그대가 깨어있으니, 내가 그대를 지켜 주리라

Sonnet 61

Is it thy will thy image should keep open

My heavy eyelids to the weary night?

Dost thou desire my slumbers should be broken

While shadows like to thee do mock my sight?

Is it thy spirit that thou send'st from thee

So far from home into my deeds to pry,

To find out shames and idle hours in me,

The scope and tenure of thy jealousy?

O no, thy love, though much, is not so great.

It is my love that keeps mine eye awake,

Mine own true love that doth my rest defeat,

To play the watchman ever for thy sake.

  For thee watch I, whilst thou dost wake elsewhere,

  From me far off, with others all too near.

소네트 62

내가 내게 빠져드니 모두 나뿐이더라
두 눈도 영혼도 머리카락도 발가락도
이 병은 가슴 깊숙이 자리 잡고 앉아
제멋대로 뿌리박아 치료할 수도 없어
멋진 얼굴, 이상적인 몸매, 참한 마음
이만한 사람 나 말고 또 어디 있을까
내 모습이 어떠한지 나를 들여다보면
모든 일에 누구보다 내가 뛰어나리라
하지만 거울은 가림 없이 드러내주어
늙고 거무죽죽 트고 주름은 깊으리니
자기 사랑은 물구나무하고 바라볼 일
나 같은 사람에 빠진다면 죄악이거늘
나를 칭찬함은 실은 그대 칭찬함이라
그대 향기 빌어 내 늙음 가려봤을 뿐

Sonnet 62

Sin of self-love possesseth all mine eye

And all my soul and all my every part;

And for this sin there is no remedy,

It is so grounded inward in my heart.

Methinks no face so gracious is as mine,

No shape so true, no truth of such account,

And for myself mine own worth do define,

As I all other in all worths surmount.

But when my glass shows me myself indeed,

Beated and chopped with tanned antiquity,

Mine own self-love quite contrary I read;

Self so self-loving were iniquity.

  'Tis thee, myself, that for myself I praise,

  Painting my age with beauty of thy days.

소네트 63

내 사랑하는 그대 지금 나처럼
시간 손에 구겨지지 않기 위해
이마에 굵고 가는 주름 채우고
그대 젊은 피마저 마셔 버리고
청춘이 노년 가파른 밤 이르면
지금 누리는 이 모든 아름다움
꽃다운 봄날 그 보물들 훔치고
사라져가거나 눈앞에 없어지니
그런 날 위해 방어벽 쌓으리라
잔인한 늙음의 칼에 마주 서리
시간이 내 연인 목숨 앗아가도
아름다움은 끊어내지 못하리라
그대 이 시 검은 줄 속에 살아
시가 되어 길이 남아 푸르리라

Against my love shall be as I am now,

With Time's injurious hand crushed and o'erworn;

When hours have drained his blood and filled his brow

With lines and wrinkles, when his youthful morn

Hath travelled on to Age's steepy night,

And all those beauties whereof now he's king

Are vanishing, or vanished out of sight,

Stealing away the treasure of his spring;

For such a time do I now fortify

Against confounding Age's cruel knife,

That he shall never cut from memory

My sweet love's beauty, though my lover's life.

  His beauty shall in these black lines be seen,

   And they shall live, and he in them still green.

소네트 64

시간이 휘두르는 잔인한 손에 손상되어
찬란한 영광은 다 낡아지고 망가지리라
한때 하늘 높이 솟은 탑 무너져 내리고
동상은 노예 되어 분노에 끌려 다니리라
굶주린 바다는 해변 야금야금 갈아먹고
단단한 땅은 바다 바득바득 밀어내리라
상대가 잃는 만큼 내 이득 채워져 가고
가져가면 가져간 만큼 나도 잃어가려나
치고받다 치이다 이리 차갑게 변하리니
아름다운 꽃도 피어나다가 결국 지듯이
쌓이다 무너지는 내 모래성은 말하리라
시간이 내게서 결국 연인 앗아가리라고
이런 생각 스멀스멀 피어나 어둠이려니
잃을까 겁이 나 하얗게 울 수밖에 없는

Sonnet 64

When I have seen by Time's fell hand defaced

The rich proud cost of outworn buried age,

When sometime lofty towers I see down-razed,

And brass eternal slave to mortal rage;

When I have seen the hungry ocean gain

Advantage on the kingdom of the shore,

And the firm soil win of the wat'ry main,

Increasing store with loss and loss with store;

When I have seen such interchange of state,

Or state itself confounded to decay,

Ruin hath taught me thus to ruminate,

That Time will come and take my love away.

  This thought is as a death, which cannot choose

  But weep to have that which it fears to lose.

소네트 65

놋쇠도 돌덩이도 맨땅도 심지어 끝없는 바다도
죽음이라는 슬픈 운명 앞에 한없이 작아지리라
힘쓴다 해도 한 송이 꽃만도 못한 그 아름다움
죽음이 하는 분노에 제대로 따져보기나 할까나
나날이 치고 들어와 포위하는 시간에 대항하여
아 여름 달콤한 숨결 어떻게 붙잡을 수 있으리
단단하게 보이는 바위도 늙어가니 기력 달리고
쇠로 된 철문도 시간이 주는 녹을 달아 쇠하니
아 시간의 금고에서 가장 귀한 보석 꺼낸 대도
어디 숨길 데가 없으니 두려운 명상이 한 가득
시간 날쌘 걸음을 누가 어떤 발로 붙잡으려나
시간이 아름다움을 망가뜨리면 누가 막으려나
아 아무도 아무것도 기적이 힘을 못 받는다면
내 시 속에 내 사랑 길이 빛나게 하는 수밖에

Sonnet 65

Since brass, nor stone, nor earth, nor boundless sea,

But sad mortality o'ersways their power,

How with this rage shall beauty hold a plea,

Whose action is no stronger than a flower?

O, how shall summer's honey breath hold out

Against the wrackful siege of batt'ring days,

When rocks impregnable are not so stout,

Nor gates of steel so strong but Time decays?

O fearful meditation, where, alack,

Shall Time's best jewel from Time's chest lie hid?

Or what strong hand can hold his swift foot back,

Or who his spoil of beauty can forbid?

  O, none, unless this miracle have might,

  That in black ink my love may still shine bright.

소네트 66

이젠 지쳤으니 달콤한 죽음이나 달라
능력 있는 사람은 걸인으로 태어나고
비어있는 껍데기 화려하게 옷을 입고
순수하게 믿으면 불행하게 화를 입지
명예는 하찮은 자에게 잘못 주어지고
처녀의 첫 사랑은 갈기갈기 찢겨지고
반듯하게 이루어도 흰다고 상처 내고
힘은 절룩거리는 권력에 손발 묶이지
예술은 권력 앞에 무릎 꿇어 혀 묶고
어리석은 자는 박사인 양 떠들어대고
선한 사람은 악한 사람에게 시중드니
순수한 진실은 세상물정 모르는 촌놈
이 모두에 지쳐서, 난 떠나고자 하네
나 죽어도, 그대 홀로 남지 않는다면

Tired with all these, for restful death I cry,

As, to behold desert a beggar born,

And needy nothing trimmed in jollity,

And purest faith unhappily forsworn,

And glided honour shamefully misplaced,

And maiden virtue rudely strumpeted,

And right perfection wrongfully disgraced,

And strength by limping sway disabled,

And art made tongue-tied by authority,

And folly (doctor-like) controlling skill,

And simple truth miscalled simplicity,

And captive good attending captain ill.

  Tired with all these, from these would I be gone,

  Save that to die, I leave my love alone.

소네트 67

어이해 타락과 함께 그대는 살아야하나
사악한 자를 자신으로 우아하게 꾸미니
죄악은 그대 모습으로 이득을 얻어가고
그대를 가까이 하여 장식품으로 써버려
어찌 거짓 화장이 그대 뺨을 흉내 내고
생기 도는 얼굴에서 그 빛 훔쳐야 하나
그대 장미는 진실하고 아름답다고 하니
저급한 미는 장미 그림자라도 잡아보네
그대는 왜 살아야하는가 자연이 파산해
혈관 살아 있어도 흐를 피도 없는 지금
자연에게 가진 자산은 오직 그대뿐이라
많다 자랑해도 그 재능으로 살아야하니
자연이 그대 간직함은 과시하려 함이라
오래전 그대 모습은 이리 아름다웠다고

Ah, wherefore with infection should he live,

And with his presence grace impiety,

That sin by him advantage should achieve

And lace itself with his society?

Why should false painting imitate his cheek

And steal dead seeing of his living hue?

Why should poor beauty indirectly seek

Roses of shadow, since his rose is true?

Why should he live, now Nature bankrupt is,

Beggared of blood to blush through lively veins,

For she hath no exchequer now but his,

And, proud of many, lives upon his gains?

  O, him she stores, to show what wealth she had,

  In days long since, before these last so bad.

소네트 68

연인 얼굴엔 지난날 모습 담겨있으리라
꽃처럼 아름다움이 피어나고 지던 시절
아름다움의 천한 사생아 태어나기 전에
감히 살아있는 이마에 자리 잡기 전에
무덤이 소유권 가진 죽은 자의 금발이
다른 사람 머리에 한 번 더 살아보려고
어김없이 잘리고 떨어져서 나가기 전에
미인의 머리털이 새롭게 살아가기 전에
연인에서 성스러운 옛 모습 보게 되리
아무런 꾸밈없는 순수하고 진실한 모습
남의 푸름으로 자기 여름을 만들지 않고
새로이 치장한다고 옛것 훔치지 않으리
자연은 내 연인을 전형으로 간직하리라
아름다움이 뭔지 거짓에게 보여 주려고

Thus is his cheek the map of days outworn,

When beauty lived and died as flowers do now,

Before the bastard signs of fair were born,

Or durst inhabit on a living brow;

Before the golden tresses of the dead,

The right of sepulchers, were shorn away

To live a second life on second head,

Ere beauty's dead fleece made another gay.

In him those holy antique hours are seen,

Without all ornament, itself and true,

Making no summer of another's green,

Robbing no old to dress his beauty new;

  And him as for a map doth Nature store,

  To show false Art what beauty was of yore.

소네트 69

세상사람 눈으로 바라보는 그대 면면은
단 한 번도 마음 고쳐먹을 필요 없으니
영혼 목소리, 모든 입과 심지어 적까지
가식 없는 진실이라 그대를 찬미하노라
겉으로 유별나게 칭찬받고 왕관 쓰지만
그대에게 마땅히 찬사 보내주던 혀들은
눈이 못 보는 부분까지 다 보인다 하며
목소리 바꾸고서 칭찬을 거두어 가노라
아름다운 그대 가슴 그리 들여다보고도
몸짓으로만 그대 아름다움을 재려 하니
그런 사람 눈빛은 상냥하여도 속으로는
고운 그 꽃에 잡초 썩은 냄새 더하리라
그대 향기 외모 밖으로 나와 흐릿하려니
악취 나는 자와 섞여 살아가기 때문이라

Sonnet 69

Those parts of thee that the world's eye doth view

Want nothing that the thought of hearts can mend;

All tongues, the voice of souls, give thee that due,

Utt'ring bare truth, even so as foes commend.

Thy outward thus with outward praise is crowned,

But those same tongues that give thee so thine own

In other accents do this praise confound

By seeing farther than the eye hath shown.

They look into the beauty of thy mind,

And that in guess they measure by thy deeds;

Then, churls, their thoughts, although their eyes were kind,

To thy fair flower add the rank smell of weeds;

　But why thy odor matcheth not thy show,

　The soil is this, that thou dost common grow.

소네트 70

그대 비난받아도 그대 잘못 아니리라
아름다움은 늘 험한 말에게 과녁이니
아름다움이 하는 장식은 의심만 일뿐
달콤한 바람 가르며 나는 까마귀려니
그대 선하면, 시대의 구애 받게 되고
비방은 그대 더 위대하다 알려주리라
사악한 벌레는 달콤한 꽃을 사랑하나
때 하나 없는 푸름을 그대 보여주노니
젊은 날의 암초를 무사히 지나왔노라
상처받지 않고 힘들어도 다 이겨내어
허나 커져가는 시기심을 묶어둘 만큼
그대 향한 칭찬 대단한 것은 못 되리
악한 질투가 그대 가리지만 않는다면
그대만이 뭇 가슴을 홀로 차지하리라

That thou art blamed shall not be thy defect,

For slander's mark was ever yet the fair;

The ornament of beauty is suspect,

A crow that flies in heaven's sweetest air.

So thou be good, slander doth but approve

Thy worth the greater, being wooed of time;

For canker vice the sweetest buds doth love,

And thou present'st a pure unstained prime.

Thou hast passed by the ambush of young days,

Either not assailed or victor being charged;

Yet this thy praise cannot be so thy praise

To tie up envy, evermore enlarged.

  If some suspect of ill masked not thy show,

   Then thou alone kingdoms of hearts shouldst owe.

소네트 71

나 죽으면 나를 위해 울지 말기를
종소리 구슬프게 세상으로 알리니
가장 더러운 구더기와 살러간다고
비열한 세상을 이제는 떠나간다고
이 시 읽어도 쓴 손 기억 못 하길
죽도록 그대를 내가 사랑한다하리
그대 날 못 잊어 신음하게 하느니
달콤한 생각에 취해서 잊어버리길
흙이 내 몸으로 구더기와 섞일 때
그대 우연히 이 시 마주하게 되도
하찮은 이름은 입 밖 내지도 말기
나와 함께 그대 사랑 썩도록 두길
영악한 세상이 그대 눈물 살피고선
나 떠난 뒤 그대를 비웃지 못하게

No longer mourn for me when I am dead

Then you shall hear the surly sullen bell

Give warning to the world that I am fled

From this vile world with vilest worms to dwell.

Nay, if you read this line, remember not

The hand that writ it, for I love you so

That I in your sweet thoughts would be forgot,

If thinking on me then should make you woe.

O, if, I say, you look upon this verse,

When I, perhaps, compounded am with clay,

Do not so much as my poor name rehearse,

But let your love even with my life decay,

  Lest the wise world should look into your moan,

  And mock you with me after I am gone.

소네트 72

나 죽은 후에도 그대가 나를 사랑한다면
뭐가 좋아 그러냐고 사람들 묻지 않도록
사랑하는 그대여 나를 아주 잊어 주기를
내게서 가치 있는 건 하나도 없으니까요
만일 그대가 후덕한 거짓말 꾸며 낸다면
진가 그 이상으로 나를 높이 평가하거나
구두쇠 같은 진실이 쾌히 주려는 것보다
죽은 나에게도 후한 찬양을 하는 것이리
사랑 위한다고 그대 내 이름을 부르다가
그대 사랑이 거짓으로 보이면 안 되기에
내 이름도 내 몸 있는 곳에 묻어 버리니
나나 그대에게 더한 수치 없도록 하지요
내가 내놓은 시가 난 한없이 부끄러운데
가치 없는 걸 사랑한 그대는 오죽하리요

O, lest the world should task you to recite

What merit lived in me that you should love

After my death, dear love, forget me quite,

For you in me can nothing worthy prove;

Unless you would devise some virtuous lie,

To do more for me than mine own desert,

And hang more praise upon deceased I

Than niggard truth would willingly impart.

O, lest your true love may seem false in this,

That you for love speak well of me untrue,

My name be buried where my body is,

And live no more to shame nor me nor you;

  For I am shamed by that which I bring forth,

  And so should you, to love things nothing worth.

소네트 73

그대 나에게서 이런 날을 보게 되리라
누런 잎 다 지거나 몇 잎 겨우 매달린
차디찬 바람에 마른 가지가 몸을 떨고
새소리 흔적 없이 성가대가 폐허 되는,
그대 나에게서 이런 황혼 보게 되리라
세상 끝자락 눈 벌겋게 매달리는 석양
이마저 삼켜 버리고 마는 시커먼 어둠
모두를 안식 속에 밀봉해버리는 제2의 죽음
그래도 내게서 숨을 쉬는 불꽃 보리라
청춘이 타버려 쌓이고 쌓인 잿더미 위
임종 자리에 누워 꺼져가는 불씨 하나
타오르던 힘으로 뜨겁게 제 몸 태우는,
마지막 불꽃은 우리 사랑 위해 뛰는 심장이니
이내 두고 갈 사랑이어도 한 없이 불태우리라

That time of year thou mayst in me behold

When yellow leaves, or none, or few, do hang

Upon those boughs which shake against the cold,

Bare ruined choirs where late the sweet birds sang.

In me thou seest the twilight of such day

As after sunset fadeth in the west,

Which by and by black night doth take away,

Death's second self, that seals up all in rest.

In me thou seest the glowing of such fire

That on the ashes of his youth doth lie,

As the deathbed whereon it must expire,

Consumed with that which it was nourished by.

   This thou perceiv'st, which makes thy love more strong,

   To love that well which thou must leave ere long.

소네트 74

누구도 놔두는 법이 없는 저 검은 손길이
나를 데려가더라도 그대는 마음 놓으시길
나는 이 시의 일부이니 시와 함께 살다가
그대 곁에 늘 머무르는 진한 향기 되려니
이 시 다시 읽을 때면 그윽이 배어나도록
그대 향한 눈빛 시 속에 진득이 묻어두리
흙에는 흙만이 단지 자기 몫으로 있는 법
썩을 줄 모르는 가슴은 오직 그대 것이니
이 몸은 다하여 구더기 먹이 된다 하여도
잃는 건 이 생명 쓰다 버린 찌꺼기뿐이리
죽음이 칼을 휘둘러 비열하게 승리하여도
그대가 돌아보기엔 한갓 하찮은 것이리니
몸은 몸 안에 담긴 뜨거운 가슴으로 살고
가슴은 시로 살아 그대 곁에 함께 남으리

But be contented. when that fell arrest

Without all bail shall carry me away,

My life hath in this line some interest

Which for memorial still with thee shall stay.

When thou reviewest this, thou dost review

The very part was consecrate to thee.

The earth can have but earth, which is his due;

My spirit is thine, the better part of me.

So then thou hast but lost the dregs of life,

The prey of worms, my body being dead;

The coward conquest of a wretch's knife,

Too base of thee to be remembered.

  The worth of that is that which it contains,

  And that is this, and this with thee remains.

소네트 75

하루 세 끼 그대 생각으로 목숨 이어 갑니다
그대는 단단한 땅을 녹이는 단비 다름없지요
나는 싸워 얻어냅니다 그대가 주는 평온함을
구두쇠가 자기 재산으로 늘 고민하고 다투듯
지금 가진 자로서 즐기고 자랑스러워하다 곧
막가는 세월이 그 보물 훔쳐갈까 걱정합니다
오직 그대하고 있으면 더 바랄 게 없으나 난
사람들에게 내 기쁨 한껏 보여주고 싶습니다
때로는 그대 모습에 흠뻑 지겹도록 빠져들다
이내 굶주린 가슴 잡고 보고프다 안달합니다
그대가 주거나 그대에게 얻는 기쁨 아니라면
흔한 즐거움도 갖거나 가지려고 아니 하지요
이리 날마다 굶주려 보기도 포식하기도 하는
나는 빈 그릇 다 먹어 치우거나 하나도 없는

So are you to my thoughts as food to life,

Or as sweet-seasoned showers are to the ground;

And for the peace of you I hold such strife

As 'twixt a miser and his wealth is found;

Now proud as an enjoyer and anon

Doubting the filching age will steal his treasure;

Now counting best to be with you alone,

Then bettered that the world may see my pleasure;

Sometime all full with feasting on your sight,

And by and by clean starved for a look;

Possessing or pursuing no delight

Save what is had or must from you be took.

  Thus do I pine and surfeit day by day,

  Or gluttoning on all, or all away.

소네트 76

내 시엔 어이해 새로운 자랑거리 없는지
다양하고 빠르게 변하는 모습 하나 없이
새로운 창작 기법과 낯선 시어 조합에도
유행을 좇아 곁눈질 한번 하지도 않으리
어찌하여 늘 똑같이 한 가지로만 쓰는지
새로운 작품에 이미 알려진 옷만 입히고
시어 마디마디에 내 이름 드러내 보이고
그 말이 어디서 오고 어떻게 걸었는지도
달콤한 사랑아 난 항상 그대만 그리리라
그대와 사랑은 내가 시를 쓰는 전부려니
낡은 말도 최선으로 새로이 옷을 입히고
이미 써버린 말도 다시 고쳐서 쓰려하네
저 해가 날마다 낡은 듯해도 새로워지듯
내 사랑도 이미 한 말을 하고 또 하리라

Why is my verse so barren of new pride,

So far from variation or quick change?

Why with the time do I not glance aside

To new-found methods and to compounds strange?

Why write I still all one, ever the same,

And keep invention in a noted weed,

That every word doth almost tell my name,

Showing their birth and where they did proceed?

O, know, sweet love, I always write of you,

And you and love are still my argument.

So all my best is dressing old words new,

Spending again what is already spent:

  For as the sun is daily new and old,

  So is my love still telling what is told.

소네트 77

거울은 그대 아름다움 얼마나 시드는지
시계는 시간 어찌 허비되나 보여주리라
빈 종이엔 그대 마음이 흔적 되어 남아
그대는 시집에서 그 자취를 음미하리라
그대 거울이 숨김없이 드러내는 주름살
입 벌린 무덤을 한시도 잊지 않게 하리
슬그머니 절로 넘어가는 해시계 그림자
영원으로 가는 도둑발자국 그대 알리라
그대가 간직할 수 없는 기억은 모두 다
아무 쓸모없는 이 빈 종이에 맡겨 두길
그대 머릿속에서 나고 길러지는 아이들
그대 가슴과 새 친구 되어 손을 잡으리
이들을 보고 또 보고 할 때마다 그대는
이득을 진득이 보고 시집은 배부르리라

Thy glass will show thee how thy beauties wear,

Thy dial how thy precious minutes waste;

The vacant leaves thy mind's imprint will bear,

And of this book this learning mayst thou taste.

The wrinkles which thy glass will truly show,

Of mouthed graves, will give thee memory;

Thou by thy dial's shady stealth mayst know

Time's thievish progress to eternity.

Look, what thy memory can not contain,

Commit to these waste blanks, and thou shalt find

Those children nursed, delivered from thy brain,

To take a new acquaintance of thy mind.

  These offices, so oft as thou wilt look,

  Shall profit thee and much enrich thy book.

소네트 78

시의 영감위해 그대 그렇게 자주 불러내어
내 시에서 그대는 이미 커다란 자리이려니
낯선 시인들 죄다 내가 쓰는 대로 시 쓰고
그대 바람 기대어 자기들 시를 퍼뜨리노라
그대 눈은 벙어리도 목청껏 노래하게 하고
우둔한 무식쟁이도 하늘 높이 날게 하려니
유식한 자에겐 그 날개에다 깃털 더해주고
우아함에 존엄함까지 두 배로 더해 주어라
그래도 내가 쓴 시를 최고로 자랑해주기를
내 시는 온전히 그대 영감으로 태어나려니
다른 시인 작품에서 그대가 문체만 손대도
시는 그대 따라 예술이 되어 우아해지노라
이리도 그대는 내가 하는 예술의 전부이니
내 거친 무지도 유식만큼이나 높여 주어라

So oft have I invoked thee for my Muse

And found such fair assistance in my verse

As every alien pen hath got my use

And under thee their poesy disperse.

Thine eyes, that taught the dumb on high to sing

And heavy ignorance aloft to fly,

Have added feathers to the learned's wing,

And given grace a double majesty.

Yet be most proud of that which I compile,

Whose influence is thine, and born of thee.

In others' works thou dost but mend the style,

And arts with thy sweet graces graced be;

  But thou art all my art and dost advance

  As high as learning my rude ignorance.

소네트 79

홀로 그대의 손길을 구하던 때엔
내 시만 그대의 축복을 받았어라
우아한 내 시는 이제 사그라지고
병든 뮤즈 다른 자에게 가버리니
달콤한 사랑 그 아름다운 주제는
더 나은 시인이 감당할 몫이어라
허나 시인이 만들어낸 그 시어는
그대에서 빼앗은 걸 돌려주는 것
미덕을 주고 몸짓에서 훔쳐낸 것
아름다움은 그대 뺨에서 찾은 것
그대를 노래하면 모두 그대 안에
이미 가지고 있는 것일 뿐이리라
시인이 하는 말 고마워하지 마라
그대에게 진 빚 그대가 갚는 거니

Sonnet 79

Whilst I alone did call upon thy aid,

My verse alone had all thy gentle grace;

But now my gracious numbers are decayed,

And my sick Muse doth give another place.

I grant, sweet love, thy lovely argument

Deserves the travail of a worthier pen,

Yet what of thee thy poet doth invent

He robs thee of and pays it thee again.

He lends thee virtue, and he stole that word

From thy behavior; beauty doth he give,

And found it in thy cheek; he can afford

No praise to thee but what in thee doth live.

Then thank him not for that which he doth say,

Since what he owes thee thou thyself dost pay.

소네트 80

아! 그대 그리는 시를 쓸 때면 어질어질 하니
나보다 나은 시인도 그대 이름 쓰기 때문이라
그 시인 온힘으로 그대 명성 찬미하고 받드니
그저 혀를 동동 동여매고 내 입 닫아버리리라
하지만 그대 품성은 바다와 같이 넓고 넓으니
볼 품 없는 돛도 광채 나는 돛도 하나로 품어
그 시인 배보다 한참 보잘것없는 내 조각배도
그대 넓디넓은 바다에서 분방하게 떠있으리라
깊고 깊은 그대 바다에 남들이 항해하는 사이
그대 눈곱 같은 관심에도 난 둥둥 떠다니리라
그 시인은 풍채 좋고 잘 생기고 기세등등한데
난 부서져가는 아무 눈길 없는 그런 조각배라
그 시인은 쪽쪽 바람을 받고 나는 버림받으니
최악은 이것이라 사랑할수록 멍들어가는 사랑

Sonnet 80

O, how I faint when I of you do write,

Knowing a better spirit doth use your name,

And in the praise thereof spends all his might,

To make me tongue-tied speaking of your fame.

But since your worth, wide as the ocean is,

The humble as the proudest sail doth bear,

My saucy bark, inferior far to his,

On your broad main doth wilfully appear.

Your shallowest help will hold me up afloat

Whilst he upon your soundless deep doth ride;

Or being wracked, I am a worthless boat,

He of tall building, and of goodly pride.

  Then if he thrive, and I be cast away,

  The worst was this: my love was my decay.

소네트 81

그대 묘비명을 쓸 만큼 내가 더 오래 살거나
아니면 나 흙이 될 때까지 그대가 더 살거나
어떤 죽음도 그대의 기억 앗아 갈 수 없어라
나에 대한 하나하나가 깡그리 잊어진다 해도
나는 한 번 가버리면 이 세상 모두 끝이지만
그대 이름은 이 시에서 영원히 살아있으려니
흙은 나를 품고 그저 그런 무덤 하나 주지만
그대는 사람들 눈 속에 깊이깊이 누워있어라
내가 쓴 다정다감한 시가 그대의 기념비려니
이 세상 모든 생명의 숨소리가 사라지더라도
아직 창조되지 않은 눈이 그 시를 음미하고
앞으로 태어날 혀가 그대의 존재를 말하리라
숨결 끊임없이 이어지는 사람들의 입 속에서
그대 영원히 살리라 죽지 않는 내 시 곁에서

Sonnet 81

Or I shall live your epitaph to make,

Or you survive when I in earth am rotten.

From hence your memory death cannot take,

Although in me each part will be forgotten.

Your name from hence immortal life shall have,

Though I, once gone, to all the world must die.

The earth can yield me but a common grave,

When you entombed in men's eyes shall lie.

Your monument shall be my gentle verse,

Which eyes not yet created shall o'erread,

And tongues to be your being shall rehearse

When all the breathers of this world are dead.

  You still shall live-such virtue hath my pen-

  Where breath most breathes, even in the mouths of men.

소네트 82

그대는 내 시와 결혼하지 않아
뭇 시인들 그대 보며 노래하리
줄 줄 바치는 대로 반짝거리니
시시한 시구 하나 없다 하리라
자색이든 지식이든 빼어나기에
그 값을 나는 못다 헤아리려니
푸르른 나날에 더 푸른 손짓을
그대는 새로 찾아 나설 수밖에
그리 하기는 하지만 뭇 시인들
칠하고 덧칠하며 재주부리려니
있는 대로 속살 말하는 친구가
보는 대로 그대 그린다 하리라
분칠은 핏기 없는 볼에나 하길
그대엔 그저 욕 되는 짓이려니

I grant thou wert not married to my Muse,

And therefore mayst without attaint o'erlook

The dedicated words which writers use

Of their fair subject, blessing every book.

Thou art as fair in knowledge as in hue,

Finding thy worth a limit past my praise;

And therefore art enforced to seek anew

Some fresher stamp of the time-bettering days.

And do so, love; yet when they have devised

What strained touches rhetoric can lend,

Thou, truly fair, wert truly sympathized

In true plain words by thy true-telling friend:

  And their gross painting might be better used

  Where cheeks need blood; in thee it is abused.

소네트 83

그대가 화장이 필요하다 여긴 일이 없으니
이미 아름다운 그대에 화장한 적 없었노라
나는 알았어라 아니 안다 그리 생각했어라
빚진 시인의 메마른 헌시보다 그대 나음을
그러니 그대 듣기 좋은 소리는 아니 했어라
당신이 이렇게 있기만 해도 잘 드러나기에
그대 안에서 커가고 높아지는 그대 가치를
잘난 필치만으로 보여주기엔 어림없으려니
내 침묵은 죄악이라 그대가 여길지 모르나
차라리 벙어리 되는 게 더없는 영광이어라
다른 시인은 생명 불어넣다 무덤 부르지만
나는 침묵으로 그 아름다움 그대로 두나니
그대 눈 하나하나엔 시인이 하는 찬미보다
더한 생명이 오롯이 깃들어 있기 때문이라

I never saw that you did painting need,

And therefore to your fair no painting set;

I found, or thought I found, you did exceed

The barren tender of a poet's debt;

And therefore have I slept in your report,

That you yourself being extant well might show

How far a modern quill doth come too short,

Speaking of worth, what worth in you doth grow.

This silence for my sin you did impute,

Which shall be most my glory, being dumb;

For I impair not beauty, being mute,

When others would give life and bring a tomb.

  There lives more life in one of your fair eyes

  Than both your poets can in praise devise.

소네트 84

그대만이 오직 그대라는 말보다
더하게 찬양할 시인은 누구인가
그대 몸에만 자라나고 보여주는
아름다움은 그대에 갇혀 있거늘
누가 그대에 작은 빛도 못 주면
글재주는 말라 비틀린 껍데기뿐
그대만 그대라 시인이 시인하면
그 시는 이내 빛나는 품격 되리
그대 안에 쓰인 대로 옮겨 놓길
자연스런 아름다움 안 망가지게
모방으로 시인은 유명하게 되어
시는 어디서든 감탄을 부르리라
그대, 칭찬에 아부에 빠져든다면
축복은 저주 품에서 썩어 가리라

Sonnet 84

Who is it that says most, which can say more
Than this rich praise, that you alone are you,
In whose confine immured is the store
Which should example where your equal grew?
Lean penury within that pen doth dwell,
That to his subject lends not some small glory,
But he that writes of you, if he can tell
That you are you, so dignifies his story.
Let him but copy what in you is writ,
Not making worse what nature made so clear,
And such a counterpart shall fame his wit,
Making his style admired every where.
  You to your beauteous blessings add a curse,
  Being fond on praise, which makes your praises worse.

소네트 85

입 다문 내 뮤즈 신은 예의 바르게 침묵하리라
그대를 찬미하는 시가 화려하게 창작되는 동안
귀중한 시구는 모든 뮤즈 신에게 다듬어지면서
황금 펜촉으로 시적 영감은 품격을 보존하노라
다른 시인들 시 곱게 쓸 때 난 침묵 곱게 하고
능력 있는 시인들이 펜으로 정교하게 다듬어낸
모든 찬가에다 대고
늘 "아멘"이라고 외치노라 무식한 목사가 하듯
그대 예찬할 때마다 나도 "그래, 맞아요" 하며
최고의 찬사에다 맞장구 더하노라
하지만 이는 생각뿐이려니 그대를 향한 사랑은
마음 저만큼 앞서있지만 말은 맨 끝에 있어라
그대, 시인들의 숨결 같은 시구도 귀히 여기고
내 가슴이 침묵으로 하는 말도 귀담아 들어주길

My tongue-tied Muse in manners holds her still

While comments of your praise, richly compiled,

Reserve their character with golden quill

And precious phrase by all the Muses filed.

I think good thoughts whilst other write good words,

And like unlettered clerk still cry "Amen"

To every hymn that able spirit affords

In polish'd form of well-refined pen.

Hearing you praised, I say "'Tis so, 'tis true,"

And to the most of praise add something more;

But that is in my thought, whose love to you,

Though words come hindmost, holds his rank before.

Then others for the breath of words respect,

Me for my dumb thoughts, speaking in effect.

소네트 86

한없이 소중한 그대가 주는 상을 받기 위해
시인이 돛을 펼치며 자랑 가득 시를 낚나니
원숙한 내 시상 떠돌다 머릿속 관에 묻히고
시가 자라는 모태를 무덤으로 만들어버리니
초인의 경지로 시 쓰는 법을 악마에게 배운
그 시인의 영혼이 날 이리 죽게 만들었는지
아 내 시를 놀라게 한 건 그 시인 아니어라
밤마다 그대를 도와주는 친구들도 아니어라
밤이면 지혜로 홀리는 정 많은 친한 귀신도
아니어라, 그 누구도
나를 침묵시킨 승리자로 자랑하진 못하리니
그런 일에 그 어떤 두려움 당치도 않으리라
허나 그대 얼굴이 그 시인의 시로 차있다면
난 쓸거리를 잃고 내 시는 시들시들 하리라

Sonnet 86

Was it the proud full sail of his great verse,

Bound for the prize of all-too-precious you,

That did my ripe thoughts in my brain inhearse,

Making their tomb the womb wherein they grew?

Was it his spirit, by spirits taught to write

Above a mortal pitch, that struck me dead?

No, neither he, nor his compeers by night

Giving him aid, my verse astonished.

He, nor that affable familiar ghost

Which nightly gulls him with intelligence,

As victors, of my silence cannot boast;

I was not sick of any fear from thence.

  But when your countenance filled up his line,

  Then lacked I matter, that enfeebled mine.

소네트 87

잘 가요! 그대는 내가 소유하기에 과분하여라
아마도 그대는 자기 가치를 잘 알고 있으려니
진가 담은 권리증서는 그대에 날개 달아 주어
그대를 감았던 인연의 끈은 모두 날라 가리라
허락 없이 어떻게 그대 바지자락 붙잡을 수가
그러한 보물 가질 자격 감히 내게 있을 리라
이 아름다운 선물은 내가 받을 사유 없으리니
내 특권은 만기 되어 그대 품으로 돌아가리라
그대 내게 베푼 이유는 자기 진가를 몰랐기에
아니면 나를 잘못 보아서 마냥 믿어 버렸기에
내게 보낸 그대 커다란 선물은 이젠 제자리로
잘못 온 것이니 주인 찾아 다시 돌려보내리라
팔랑대는 나비 되어 그대에 한 없이 빠져보니
꿈에선 왕인데 깨어보면 지나가는 뜬구름만이

Sonnet 87

Farewell, thou art too dear for my possessing,

And like enough thou know'st thy estimate.

The charter of thy worth gives thee releasing;

My bonds in thee are all determinate.

For how do I hold thee but by thy granting,

And for that riches where is my deserving?

The cause of this fair gift in me is wanting,

And so my patent back again is swerving.

Thyself thou gavest, thy own worth then not knowing,

Or me, to whom thou gav'st it, else mistaking;

So thy great gift, upon misprision growing,

Comes home again, on better judgment making.

  Thus have I had thee as a dream doth flatter,

  In sleep a king, but waking no such matter.

소네트 88

그대가 나를 대수롭지 않게 여기고
장점 멸시하는 눈초리로 바라볼 때
그대와 손잡아 나와 맞서 싸우리니
거짓을 보여도 그대가 맞다 하리라
나 못난 점을 이리 내가 잘 알기에
그대 편에서 내가 저지르고 숨겨둔
허물을 이야기로 만들 수 있으리라
나를 버림으로 크나큰 영광 얻도록
이리하여 나도 역시 이득을 보리라
온갖 사랑을 온통 그대에 기울이면
나 자신에게 스스로 상처가 되어도
그대 이득이니 나 또한 두 배 이득
이것이 내 사랑 나 그대 것이 되니
어떤 모욕도 추함도 다 짊어지리라

Sonnet 88

When thou shalt be disposed to set me light

And place my merit in the eye of scorn,

Upon thy side against myself I'll fight

And prove thee virtuous, though thou art forsworn.

With mine own weakness being best acquainted,

Upon thy part I can set down a story

Of faults conceal'd, wherein I am attainted,

That thou in losing me shalt win much glory.

And I by this will be a gainer too,

For bending all my loving thoughts on thee,

The injuries that to myself I do,

Doing thee vantage, double-vantage me.

  Such is my love, to thee I so belong,

  That for thy right myself will bear all wrong.

소네트 89

허물 있다 그대가 나를 버린다 하면
나는 그 허물 낱낱이 털어 놓으리라
절름발이라 하면 바로 다리를 절리라
그대가 하는 말에 어떤 변명 안 하리
내 사랑아 사랑 바꾸려 구실 달아도
내가 받는 치욕 하나도 별것 아니리
그대 뜻이면 스스로 모욕 감수하려니
얼마든지 아는 척도 안할 수 있으리
그대 가는 곳을 더는 못 따르려니와
달콤한 그 이름도 입에 안 담으려니
속되게 행여 낯익다고 아는 체 하여
욕되게 그 이름에 먹칠은 안 하리라
그대 위해 나 자신과 맞서 싸우려니
그대 미워한 자 내가 어찌 사랑하리

Sonnet 89

Say that thou didst forsake me for some fault,

And I will comment upon that offense.

Speak of my lameness, and I straight will halt,

Against thy reasons making no defense.

Thou canst not, love, disgrace me half so ill,

To set a form upon desired change,

As I'll myself disgrace, knowing thy will.

I will acquaintance strangle and look strange;

Be absent from thy walks, and in my tongue

Thy sweet beloved name no more shall dwell,

Lest I, too much profane, should do it wrong

And haply of our old acquaintance tell.

　For thee, against myself I'll vow debate,

　For I must ne'er love him whom thou dost hate.

소네트 90

나를 미워하려거든 지금 바로 하기를
세상이 작당해 발걸음 방해하는 지금
짓궂은 운명과 손잡아 날 굴복시키고
뒤늦게 고통 준다고 달려들지 않기를
아, 마음이 슬픔에 젖다가 말라갈 때
이겨낸 슬픔 돌아서 들이치지 않기를
하기로 약속한 파멸 나중으로 한다고
밤새 바람에 아침엔 비까지 내려서야
떠나려면 마지막 순간 아닌 지금이길
하찮은 빗물이 나를 붙들고 흔들어도
최악의 운명이 휘두르는 뜨거운 힘에
처음부터 데이도록 맛보게 해 주기를
가슴 살짝 일렁이다 그대 잃어버리면
세상의 눈물들은 더는 눈물도 아니니

Sonnet 90

Then hate me when thou wilt; if ever, now;

Now, while the world is bent my deeds to cross,

Join with the spite of fortune, make me bow,

And do not drop in for an after-loss.

Ah, do not, when my heart hath 'scaped this sorrow,

Come in the rearward of a conquered woe;

Give not a windy night a rainy tomorrow,

To linger out a purposed overthrow.

If thou wilt leave me, do not leave me last,

When other petty griefs have done their spite,

But in the onset come; so shall I taste

At first the very worst of fortune's might,

  And other strains of woe, which now seem woe,

  Compared with loss of thee will not seem so.

소네트 91

어떤 이는 가문을, 어떤 이는 기량을
어떤 이는 재산을, 어떤 이는 체력을
어떤 이는 유행 좇아 맞지 않는 옷을
매나 사냥개를 아니면 말을 자랑하리
다른 무엇과 바꿀 수 없는 기쁨 찾아
누구든 기질에 맞게 즐거움 찾으리라
하지만 나는 그렇게 생각하지 않으니
그대 사랑은 고귀한 가문보다 귀하고
돈보다 값지고 비싼 옷보다 고급지리
더 나은 사랑으로 이들을 능가하리라
매나 말보다도 커다란 기쁨이 되려니
그대 소유함은 뭇 남자들의 자랑거리
한 가지 슬픈 건 그대가 다 가져가도
날 가슴 아리게 놔두는 눈이 먼 사랑

Some glory in their birth, some in their skill,

Some in their wealth, some in their bodies' force,

Some in their garments, though newfangled ill,

Some in their hawks and hounds, some in their horse;

And every humor hath his adjunct pleasure,

Wherein it finds a joy above the rest,

But these particulars are not my measure;

All these I better in one general best.

Thy love is better than high birth to me,

Richer than wealth, prouder than garments' cost,

Of more delight than hawks or horses be;

And having thee, of all men's pride I boast:

  Wretched in this alone, that thou mayst take

  All this away, and me most wretched make.

소네트 92

그대 내게서 몰래 떠나는 그런 나쁜 짓을 해도
나 살아있는 동안 그대는 늘 또 다른 나이려니
그대 사랑 머물지 않는다면 내 삶은 더 없어라
나에게 삶이란 그대 사랑으로 먹고 숨 쉬는 것
최악의 순간도 나는 두려워할 필요가 없으리라
먼지 같은 잘못으로도 내 생명 다 소진할 수도
그대 변덕에 따라 내 삶이 흔들려 가기 보다는
내 안에 더 나은 나 있다고 스스로 알아보리라
그대 들쑥날쑥 하며 나를 괴롭히지는 못하리니
어차피 내 목숨은 그대 변심에 달려 있기 때문
아, 나는 얼마나 행복한 권리를 누리고 있는가!
그대 사랑 받고 죽을 수 있다면 그게 행복이지
허나 아무 흠 없는 축복된 아름다움 어디 있나
그대 잘못 저질러도 못 봤으니 나는 모르는 일

But do thy worst to steal thyself away,

For term of life thou art assured mine,

And life no longer than thy love will stay,

For it depends upon that love of thine.

Then need I not to fear the worst of wrongs,

When in the least of them my life hath end.

I see a better state to me belongs

Than that which on thy humor doth depend.

Thou canst not vex me with inconstant mind,

Since that my life on thy revolt doth lie.

O, what a happy title do I find,

Happy to have thy love, happy to die!

  But what's so blessed-fair that fears no blot?

  Thou mayst be false, and yet I know it not.

소네트 93

그대 진실하다 믿으며 살아가리
알아도 넘어가주는 연인이 되어
낯설게 변해도 여전히 사랑이라
마음 딴 곳에 있어도 나와 같이
그대 눈엔 미움 머물 수 없으니
바람도 모르리라 그대의 눈빛을
얼굴엔 가면 쓴 가슴의 역사가
어두운 찌푸림 어색한 주름살로
그대를 창조한 하늘은 말하리라
얼굴엔 달콤한 사랑 머무른다고
그 머릿속이나 가슴속 어떠하든
그대 얼굴은 사랑스러움만 가득
실은 향기가 겉모습과 다르다면
그대 미모는 이브의 사과가 되리

So shall I live, supposing thou art true,

Like a deceived husband; so love's face

May still seem love to me, though altered new,

Thy looks with me, thy heart in other place.

For there can live no hatred in thine eye;

Therefore in that I cannot know thy change.

In many's looks, the false heart's history

Is writ in moods and frowns and wrinkles strange,

But heaven in thy creation did decree

That in thy face sweet love should ever dwell;

Whate'er thy thoughts or thy heart's workings be,

Thy looks should nothing thence but sweetness tell.

  How like Eve's apple doth thy beauty grow,

  if thy sweet virtue answer not thy show.

소네트 94

남 괴롭힐 힘이 있어도 아무 괴롭힘 없이
할 것처럼 하면서 실은 하지 않는 사람들
남 감동시켜도 자신은 돌 같이 얼음 같이
움직임 없이 차디차게 유혹에는 느릿느릿
하늘 은총을 반듯하게 물려받은 사람들은
자연의 부를 아끼고 낭비 하나 안 하리라
그들은 자기 얼굴 주인이자 소유자이지만
다른 이들은 번지르르한 집사일 뿐이리라
여름 꽃은 혼자 피어나고 시들시들해져도
여름을 더욱 여름답게 향기롭게 꾸미려니
하지만 그 꽃 몹쓸 병이라도 걸리게 되면
그 아름다움 보잘것없는 잡초만 못하리라
향기로운 꽃도 하는 짓 따라 쉰내 퍼지니
썩어가는 백합은 잡초보다 더한 악취여라

They that have pow'r to hurt and will do none,

That do not do the thing they most do show,

Who, moving others, are themselves as stone,

Unmoved, cold, and to temptation slow:

They rightly do inherit heaven's graces,

And husband nature's riches from expense,

They are the lords and owners of their faces,

Others but stewards of their excellence:

The summer's flow'r is to the summer sweet,

Though to itself it only live and die,

But if that flower with base infection meet,

The basest weed outbraves his dignity:

  For sweetest things turn sourest by their deeds,

  Lilies that fester smell far worse than weeds.

소네트 95

치욕을 얼마나 달콤하게 만들려 하나요
향기로운 장미꽃을 갉아먹는 벌레 같이
피어나는 고운 이름에다 얼룩을 묻히고
감미로운 향기에 그대 허물을 감싸지요
그대의 젊은 날을 이야기하는 혓바닥도
그대의 방탕에 음란하다 평을 하더라도
비난을 한다 해도 찬사가 되어버리기에
그대 이름에다 악담해도 축복이 되리라
아! 살기에 이 얼마나 훌륭한 저택인가
악덕이 살 집으로 그대를 선택하였으니
아름다움의 천으로 모든 오점을 가리고
눈이 마주한 모두는 아름답게 변하리라
사랑하는 그대 이러한 특권을 조심하길
더 없이 강한 칼도 잘못 쓰면 상하느니

Sonnet 95

How sweet and lovely dost thou make the shame

Which, like a canker in the fragrant rose,

Doth spot the beauty of thy budding name!

O, in what sweets dost thou thy sins enclose!

That tongue that tells the story of thy days,

Making lascivious comments on thy sport,

Cannot dispraise, but in a kind of praise;

Naming thy name blesses an ill report.

O, what a mansion have those vices got

Which for their habitation chose out thee,

Where beauty's veil doth cover every blot,

And all things turn to fair that eyes can see!

  Take heed, dear heart, of this large privilege;

  The hardest knife ill-used doth lose his edge.

소네트 96

그대 허물을 젊음 탓이라 방탕이라
우아함을 청춘이라 고상한 놀음이라
허물과 우아함 둘 다 사랑받는지라
따르는 자 허물도 우아하게 만들고
하찮은 보석도 여왕 손가락에 끼면
볼 품 없다가도 값지게 여겨지리라
그대 속에 비춰지는 거짓도 그렇게
진실로 바뀌고 참되다 생각 되려니
늑대가 양으로 모습 바꿔 보인다면
양은 얼마나 많이 속아 넘어갈까나
그대가 그 자리 마음껏 이용한다면
바라보는 사람들 수없이 넘어 가리
허나 그러지 마라 이리도 사랑하니
그대 민낯도 명성도 다 내 것이어라

Some say thy fault is youth, some wantonness;

Some say thy grace is youth and gentle sport;

Both grace and faults are loved of more and less;

Thou makest faults graces that to thee resort.

As on the finger of a throned queen

The basest jewel will be well esteemed,

So are those errors that in thee are seen

To truths translated and for true things deemed.

How many lambs might the stem wolf betray,

If like a lamb he could his looks translate;

How many gazers might'st thou lead away,

If thou wouldst use the strength of all thy state!

  But do not so; I love thee in such sort

  As, thou being mine, mine is thy good report.

소네트 97

쏜살같이 지나가는 세월, 즐거움인 그대 멀어지면
그대 없는 시간, 내 마음은 꽁꽁 얼은 겨울입니다
얼마나 차가운지, 얼마나 캄캄한지 나는 모릅니다
흰머리 날리는 십이월 곳곳은 앙상한 뼈만 남지요
그대와 멀어진 때는 푸른 잎 가득하던 여름입니다
가을은 토실토실 물오르고 값진 결실 넘쳐 나지만
사랑하는 사람을 잃고 홀로 된 여인네의 자궁처럼
분방하던 봄철의 씨앗을 품어 열매 그리 맺었네요
가을이 풍성해도 가슴이 절로 충만한 건 아니기에
햇빛도 없이 빨갛게 덧칠한 사과들로 다 보입니다
여름과 그 아련함은 아직도 그대만 따라 다니지만
그대가 없으니 그 새들 하나도 지저귈줄 모르지요
한다 해도 그 노래 기운 없이 소리 없이 메마르고
나뭇잎도 겨울 오는 발자국에 놀라 하얗게 지지요

How like a winter hath my absence been

From thee, the pleasure of the fleeting year!

What freezings have I felt, what dark days seen,

What old December's bareness every where!

And yet this time removed was summer's time,

The teeming autumn, big with rich increase,

Bearing the wanton burden of the prime,

Like widowed wombs after their lords' decease.

Yet this abundant issue seemed to me

But hope of orphans and unfathered fruit;

For summer and his pleasures wait on thee,

And, thou away, the very birds are mute;

  Or, if they sing, 'tis with so dull a cheer,

  That leaves look pale, dreading the winter's near.

소네트 98

봄부터 그대에게 떠나 있었노라
아롱지는 사월이 한껏 단장하고
만물에 젊음의 기운 불어넣으니
풀죽은 농경신도 신나 춤추어라
하지만 솔솔 새들의 노랫소리도
형형색색 꽃들의 달콤한 향기도
여름이야기 말하지 못하게 하고
화단의 꽃은 따지도 못했으리라
백합 은빛에도 장미 붉은빛에도
놀람도 찬미도 하지도 않았노라
꽃 아름다워도 그대를 본뜨기에
그대가 꽃이고 온갖 그림이어라
봄도 겨울이려니 그대가 없으면
그대 그림자하고 꽃과 놀았어라

From you have I been absent in the spring,

When proud-pied April, dressed in all his trim,

Hath put a spirit of youth in everything,

That heavy Saturn laughed and leaped with him,

Yet nor the lays of birds, nor the sweet smell

Of different flowers in odor and in hue,

Could make me any summer's story tell,

Or from their proud lap pluck them where they grew.

Nor did I wonder at the lily's white,

Nor praise the deep vermilion in the rose;

They were but sweet, but figures of delight,

Drawn after you, you pattern of all those.

  Yet seem'd it winter still, and, you away,

  As with your shadow I with these did play.

소네트 99

일찍 핀 제비꽃을 보고 나무라노라
도둑이여 그 향기 어디서 훔쳤는지
연인 숨결에서 나는 향기인 듯한데
보드라운 뺨에서 빛나는 진한 보라
그대 피를 진득하니 물들인 것이라
백합은 그대 흰 손에서 순백 훔치고
박하 봉오리는 머리색을 가져갔어라
장미들 겁먹고 가시에 떨며 섰는데
낯붉히기도, 절망에 하얗게 되기도
붉지도 하얗지도 않은 장미가 둘 다
빛 훔치고 그대 숨결마저 훔쳤노라
장미가 만발할 때 도둑질한 대가로
벌레가 복수로 갉아먹어 죽게 하니
이 꽃 저 꽃 더 봐도 볼 수 없어라
향기 빛깔 그대에서 안 훔쳐낸 꽃은

Sonnet 99

The forward violet thus did I chide:

Sweet thief, whence didst thou steal thy sweet that smells

If not from my love's breath? The purple pride

Which on thy soft cheek for complexion dwells

In my love's veins thou hast too grossly dyed.

The lily I condemned for thy hand,

And buds of marjoram had stol'n thy hair;

The roses fearfully on thorns did stand,

One blushing shame, another white despair;

A third, nor red nor white, had stol'n of both,

And to his robb'ry had annexed thy breath;

But for his theft, in pride of all his growth

A vengeful canker eat him up to death.

  More flowers I noted, yet I none could see,

  But sweet or colour it had stol'n from thee.

소네트 100

뮤즈 신이여, 어디 있기에 이토록 오래 잊었나요?
그대에게 온갖 힘주는 이에 대해 말 한 마디 없이
시시한 노래에 그대는 정열 이리 소모하고 있으니
보잘것없는 대상 비추려고 그대 힘을 써버리나요?
다시 돌아오기를, 툭하면 잊어버리는 뮤즈 신이여
게을리 허비한 시간 고귀한 시로 바로 되갚아주리
그대의 시를 소중히 여기는 귀에다 노래를 부르고
그대 펜에는 무엇을 쓸지 어떻게 쓰는지 전해주길
게으른 뮤즈 신이여, 일어나 고운 연인 얼굴 보라
시간이 주름살을 새겨놓지는 않았는지 살펴봐주길
행여 그러하다면 쇠퇴를 풍자하는 시인 되어 보고
시간이 겁탈해 간 전리품 어디서나 경멸받게 하리
생명 소진하는 시간보다 빨리 연인에게 명성 주어
시간이 휘두르는 커다란 낫과 굽은 칼을 막아내길

Where art thou, Muse, that thou forget'st so long

To speak of that which gives thee all thy might?

Spend'st thou thy fury on some worthless song,

Dark'ning thy pow'r to lend base subjects light?

Return, forgetful Muse, and straight redeem

In gentle numbers time so idly spent,

Sing to the ear that doth thy lays esteem,

And gives thy pen both skill and argument.

Rise, resty Muse, my love's sweet face survey,

If Time have any wrinkle graven there;

If any, be a satire to decay

And make Time's spoils despised every where.

  Give my love fame faster than Time wastes life;

  So thou prevent'st his scythe and crooked knife.

소네트 101

아, 게으른 뮤즈 신은 어찌 메우려고
아름다움에 물든 진리를 소홀히 하나
진리와 아름다움 내 연인에 의존하니
뮤즈 신도 그리해야 위엄을 얻으리라
내 물음에 뮤즈 신 이렇게 답을 하리
"진리는 있는 그대로 덧칠 필요 없고
아름다움도 덧붙일 말을 요하지 않아
섞임 없이 그대로 있을 때 최선이라"
연인 칭찬 필요 없다 혀를 묶으려고?
뮤즈 신이여 침묵으로 변명하지 마라
금 입힌 무덤보다 더 오래 남게 하여
후세 칭찬받게 함은 그대에 달렸으니
뮤즈 신이여, 그대 일을 그대가 하라
지금 보이는 그대로 오래도록 보이게

O truant Muse, what shall be thy amends

For thy neglect of truth in beauty dyed?

Both truth and beauty on my love depends;

So dost thou too, and therein dignified.

Make answer, Muse, wilt thou not haply say,

"Truth needs no color, with his colour fixed,

Beauty no pencil, beauty's truth to lay;

But best is best, if never intermixed?"

Because he needs no praise, wilt thou be dumb?

Excuse not silence so, for't lies in thee

To make him much outlive a gilded tomb,

And to be praised of ages yet to be.

  Then do thy office, Muse; I teach thee how

  To make him seem long hence as he shows now.

소네트 102

약한 듯이 보여도 내 사랑은 강하리라
작게 보여도 겉과 달리 아니 작으려니
사랑한다고 말로만 여기저기 떠벌리면
사랑은 장사꾼이나 다루는 물건이리라
우리 사랑 새로 피고 그땐 봄이었으니
난 노래 부르며 우리 사랑 맞이했어라
소쩍새가 초여름 문턱에서 노래하다가
세월이 무르익어 가면 그 노래 그치니
밤을 말 못하게 만들던 구슬픈 노래는
그때보다 지금 덜 즐거운 건 아니리라
가지마다 들새들 시끄럽게 노래한다면
고운 소리 흔해져 소중함도 가 버리니
나도 소쩍새 같이 때론 입을 다물리라
내 노래로 그대 지루해지면 안 되기에

Sonnet 102

My love is strength'ned, though more weak in seeming;

I love not less, though less the show appear.

That love is merchandized whose rich esteeming

The owner's tongue doth publish every where.

Our love was new and then but in the spring,

When I was wont to greet it with my lays,

As Philomel in summer's front doth sing

And stops her pipe in growth of riper days.

Not that the summer is less pleasant now

Than when her mournful hymns did hush the night,

But that wild music burthens every bough,

And sweets grown common lose their dear delight.

  Therefore, like her, I sometime hold my tongue,

  Because I would not dull you with my song.

소네트 103

어이해 내가 쓰는 시는 이리 빈약해 보일까나
시를 쓰면 필체 수련하다고 다들 그러는 대도
이는 오롯이 내가 시를 꾸미고 칠하는 것보다
그대는 있는 그대로가 더 고우며 가치 있기에
이제 더 이상 시를 못 써도 나 나무라지 말길
그대에게 거울은 진정한 아름다움 보여주리라
내 서툰 시를 뛰어넘는 얼굴이 거기 있으리니
무디고 철 지난 시에 나는 한없이 작아지리라
이미 훌륭함 자체인 걸 뭣 모르고 고치려다가
도리어 망쳐버리니 죄 짓는 손 숨기고 싶어라
나의 시는 미인이 손짓해도 오직 그대만 보고
이리 우아한지 색깔 있는지 보여주려 했을 뿐
내 시가 그리는 그대보다 그대를 있는 그대로
꼭 차게 드러내 보이는 거울이 바로 시인이라

Alack, what poverty my Muse brings forth,

That having such a scope to show her pride,

The argument all bare is of more worth

Than when it hath my added praise beside.

O, blame me not if I no more can write!

Look in your glass, and there appears a face

That overgoes my blunt invention quite,

Dulling my lines and doing me disgrace.

Were it not sinful then, striving to mend,

To mar the subject that before was well?

For to no other pass my verses tend

Than of your graces and your gifts to tell;

  And more, much more, than in my verse can sit

  Your own glass shows you when you look in it.

소네트 104

멋진 그대는 내게 늘 청춘이리라
그대 눈망울은 처음 보던 그대로
그 아름다움 여전히 빛을 내리라
여름 숲 겨울 찬바람에 흔들리고
푸르른 봄은 누렇게 가을로 가니
흐르는 시간 속에 나는 보았노라
아직도 풋풋한 그대 처음 본 이후
사월 향기는 유월에 세 번 불타고
아름다움은 시계바늘 되어 슬며시
발자국 하나 남기지 않고 가리라
그대 뽀얀 얼굴 그대로라 여겨도
시간과 손잡고 내 눈 속이는 지도
세상모르는 자여 내 말 들어보라
아름다움 이미 갔어라, 알고 나니

To me, fair friend, you never can be old,

For as you were when first your eye I eyed,

Such seems your beauty still. Three winters cold,

Have from the forests shook three summers' pride,

Three beauteous springs to yellow autumn turned

In process of the seasons have I seen,

Three April perfumes in three hot Junes burned,

Since first I saw you fresh, which yet are green.

Ah, yet doth beauty like a dial hand,

Steal from his figure, and no pace perceived;

So your sweet hue, which me thinks still doth stand,

Hath motion, and mine eye may be deceived:

  For fear of which, hear this thou age unbred:

  Ere you were born was beauty's summer dead.

소네트 105

내 사랑 우상숭배라 부르지 마라
연인 보고 우상이라 하지도 말고
단 한 사람에게 단 한 사람 위해
내 노래와 찬사는 늘 똑같으리라
내 연인은 오늘도 내일도 정답고
감탄할 만큼 언제나 한결 같아라
내가 쓰는 시도 역시 그러하려니
하나만 드러내 다른 건 버리리라
아름답고 선하고 진실한 것은 다
내 시 주제 전부라 말만 바뀔 뿐
상상은 시를 어깨춤 추도록 하니
세 주제 하나로 춤판을 펼치리라
아름다움 선함 진실함 따로 놀다
이제야 뒤엉켜, 시로 하나 되리라

Sonnet 105

Let not my love be called idolatry,

Nor my beloved as an idol show,

Since all alike my songs and praises be

To one, of one, still such, and ever so.

Kind is my love today, tomorrow kind,

Still constant in a wondrous excellence;

Therefore my verse, to constancy confined,

One thing expressing, leaves out difference.

Fair, kind and true is all my argument,

Fair, kind, and true, varying to other words;

And in this change is my invention spent,

Three themes in one, which wondrous scope affords.

  Fair, kind, and true have often lived alone,

  Which three till now never kept seat in one.

소네트 106

흘러간 시간을 담은 연대기에
아름답다 묘사된 인물들 죄다
죽은 귀부인이나 수려한 기사
사랑스런 사람 중에 절세미인
손과 발 입술 눈 이마 그려낸
시조 돋보이게 한 미를 볼 때
눈앞에 있는 지금 그대야말로
예부터 노래 해오던 아름다움
찬사는 우리시대 예언에 그쳐
모두 그대 미리 그려 봤을 뿐
그들 오직 상상하는 눈으로만
그대 진가 다룰 솜씨는 어디에
우리는 이 세상을 마주보아도
놀랄 눈만 있고, 혀는 없어라

When in the chronicle of wasted time

I see descriptions of the fairest wights,

And beauty making beautiful old rhyme

In praise of ladies dead and lovely knights;

Then, in the blazon of sweet beauty's best,

Of hand, of foot, of lip, of eye, of brow,

I see their antique pen would have expressed

Even such a beauty as you master now.

So all their praises are but prophecies

Of this our time, all you prefiguring,

And, for they looked but with divining eyes,

They had not skill enough your worth to sing:

  For we, which now behold these present days,

  Had eyes to wonder, but lack tongues to praise.

소네트 107

나 자신이 걱정을 짊어진다 해도
영혼이 세상 닥칠 일을 말하여도
사랑의 기한을 좌우할 수 없어라
종말은 정해져 있는 듯이 보여도
사그라질 듯 달은 월식 견뎌내어
예언자는 스스로 예언 비웃으리라
불안도 이제 확신의 왕관을 쓰고
평화는 올리브의 번영 선언하리라
이제 향기로운 계절 이슬에 젖어
사랑은 심장 뛰고 죽음은 내게 두 손 들리라
죽음이 어리석고 말 못하는 이들 멸시한대도
굴하지 않고 초라한 시에서 나는 살아가리라
그대는 이곳에서 그대 기념비를 찾게 되리니
폭군의 화려한 장식과 황동 무덤 사라져가도

Sonnet 107

Not mine own fears nor the prophetic soul

Of the wide world dreaming on things to come

Can yet the lease of my true love control,

Supposed as forfeit to a confined doom.

The mortal moon hath her eclipse endured,

And the sad augurs mock their own presage,

Incertainties now crown themselves assured,

And peace proclaims olives of endless age.

Now with the drops of this most balmy time

My love looks fresh, and death to me subscribes,

Since, spite of him, I'll live in this poor rhyme,

While he insults o'er dull and speechless tribes:

  And thou in this shalt find thy monument,

   When tyrants' crests and tombs of brass are spent.

소네트 108

그대에게 내 진실한 마음을 보여주지도 못하는데
내 머리엔 글로 꾸며댈 수 있는 뭐가 남았을까나
내 사랑 나타내고 그대 소중함 드러내는 것 말고
새롭게 말할 것은 뭐고 새롭게 기록할 것은 뭔지
달콤한 그대여, 그런 것은 어디에도 없을 뿐이라
신성한 기도처럼 날마다 하던 말 다시 할 수밖에
그대는 내 것 나는 그대 것 낡은 말이라 안 하길
그대 고운 이름 진심으로 처음 부른 그날과 같이
설레면서 새록새록 샘솟는 그러한 끝없는 사랑은
세월이 주는 먼지와 상처 하나 꺼리지 않을 지라
기어코 찾아오는 주름살에도 자리 안 내어주려니
낡아져 바래가도 영원히 그대 해바라기 되어주리
시간도 외모도 가고 사랑 흔적도 가버린 곳이어도
내 사랑 첫 가슴 뛰던 그대로 그대를 알아보리라

Sonnet 108

What's in the brain that ink may character

Which hath not figured to thee my true spirit?

What's new to speak, what new to register,

That may express my love or thy dear merit?

Nothing, sweet boy, but yet, like prayers divine,

I must each day say o'er the very same;

Counting no old thing old, thou mine, I thine,

Even as when first I hallowed thy fair name.

So that eternal love in love's fresh case

Weighs not the dust and injury of age,

Nor gives to necessary wrinkles place,

But makes antiquity for aye his page,

  Finding the first conceit of love there bred

  Where time and outward form would show it dead.

소네트 109

아 내 마음 거짓이라 말하지 마라
곁에 없어 애정이 식은 듯 보여도
그대 가슴에 깃든 내 영혼 떠날 수 있다면
내 자신에서도 쉽게 떠나버릴 수 있으리니
그대 가슴은 내 사랑 사는 집이니
방황하면서 헤매다가 제자리로 돌아오리라
바로 제 시간에, 그사이 아무 변함도 없이
스스로 묻은 때 씻어내는 눈물을 흘리리라
이런저런 사람들 다 애먹이는 온갖 약점이
내 천성 속에 있다 해도 전혀 믿지 말기를
그 천성이 이유 없이 그대 전부 버릴 만큼
나 그렇게 터무니없이 타락한 놈은 아니니
그대가 없다면 이 넓은 우주도 허전하리라
나의 장미 그대는 세상에서 나의 전부여라

O, never say that I was false of heart,

Though absence seemed my flame to qualify.

As easy might I from myself depart

As from my soul, which in thy breast doth lie.

That is my home of love; if I have ranged,

Like him that travels, I return again,

Just to the time, not with the time exchanged,

So that myself bring water for my stain.

Never believe, though in my nature reigned

All frailties that besiege all kinds of blood,

That it could so preposterously be stained

To leave for nothing all thy sum of good;

　For nothing this wide universe I call

　Save thou, my rose; in it thou art my all.

소네트 110

아 사실 슬프게도 나는 여기저기 쓸려 다니며
내 몸 광대가 되어 사람들 구경거리 되어가고
자존심에 상처 내고 값진 사랑을 값싸게 팔아
새로이 사랑한다고 옛사랑에게 죄를 지었어라
진실을 새삼스레 곁눈질해 낯설게 바라봤어라
하지만 무엇보다도 이토록 한눈파는 짓거리가
내 가슴에 바람 부르고 불 질러 새 청춘 주니
바람 피워 보고야 그대 사랑 최고임을 아노라
모든 것이 끝난 지금 끝없는 사랑을 받아주오
가슴 사로잡아 날 꽉 묶어놓은 사랑의 신이여
그대의 오래된 사랑마저 진실한지 시험한다고
낯선 꼬투리로 욕망 맘대로 힘쓰게 안 하리라
하늘과 다름없는 그대 이 못난 나를 받아주오
순결하고 더없이 사랑스러운 그대 가슴속으로

Sonnet 110

Alas, 'tis true I have gone here and there

And made myself a motley to the view,

Gored mine own thoughts, sold cheap what is most dear,

Made old offences of affections new.

Most true it is that I have looked on truth

Askance and strangely; but, by all above,

These blenches gave my heart another youth,

And worse essays proved thee my best of love.

Now all is done, have what shall have no end.

Mine appetite I never more will grind

On newer proof, to try an older friend,

A god in love, to whom I am confined.

  Then give me welcome, next my heaven the best,

  Even to thy pure and most loving breast.

소네트 111

그대는 나를 위해 운명의 여신 꾸짖어주오
내가 해로운 행동하게 놔둔 죄지은 여신을
세상에 아부하고 살아남는 법 내게 알리고
그 이상은 어느 하나 가르쳐주지 않았노라
그러니 내 이름에 오점이 찍히도록 하고는
내 천성은 자신이 하는 일마다 얽어매고서
염색장이 손 같이 엉망진창 때가 가득이라
그대, 날 가엾이 여겨 새사람 되게 해주길
억센 병을 이기고자 스스로 환자가 되어서
아무리 쓰디쓴 약도 마다 안하고 마시리라
어떠한 쓰라림도 쓰다고 여기지 아니 하고
고친 병을 다시 고쳐도 아프다 아니하리라
사랑하는 벗, 나를 다시 한 번 돌아봐주오
그대 동정만으로 내 병 얼마든지 고치려니

O, for my sake do you with Fortune chide,

The guilty goddess of my harmful deeds,

That did not better for my life provide

Than public means which public manners breeds.

Thence comes it that my name receives a brand,

And almost thence my nature is subdued

To what it works in, like the dyer's hand.

Pity me then and wish I were renewed,

Whilst, like a willing patient, I will drink

Potions of eisel 'gainst my strong infection;

No bitterness that I will bitter think,

Nor double penance, to correct correction.

  Pity me then, dear friend, and I assure ye

  Even that your pity is enough to cure me.

소네트 112

저속한 추문이 이마에 새겨놓은 낙인을
그대 사랑과 너그러움으로 지워 주기를
날 착하다 나쁘다 하는 자에 뭔 관심을
그대 내 잘못 덮고 내 잘함 인정해주니
그대는 나의 온 세상, 그대 입으로부터
명예도 수치도 알아서 들으려 애쓰리라
당신 말고는 없고 남 위해 살지 않으니
내 쇠 가슴, 선이나 악으로 못 바꾸리라
다른 사람들이 하는 온갖 말과 관심은
깊고 깊은 연못에다 아주 던져 버리고
칭찬도 비난도 못 알아먹는 독사가 되리
얼마나 초연한지 나를 한번 시험해보라
내 가슴에 그대만 뜨겁게 자리 잡으니
그 밖 세상은 다 죽었다 그리 여기리라

Sonnet 112

Your love and pity doth th' impression fill,

Which vulgar scandal stamped upon my brow;

For what care I who calls me well or ill,

So you o'er-green my bad, my good allow?

You are my all the world, and I must strive

To know my shames and praises from your tongue;

None else to me, nor I to none alive,

That my steeled sense or changes right or wrong.

In so profound abysm I throw all care

Of others' voices, that my adder's sense

To critic and to flatterer stopped are.

Mark how with my neglect I do dispense:

  You are so strongly in my purpose bred,

  That all the world besides methinks are dead.

소네트 113

그대 떠난 뒤에도 가슴에 내 눈 머무니
나아가야 할 곳을 인도해야 할 두 눈은
고장 나서 눈먼 거나 거의 다름 아니니
본다고 보아도 눈이어도 눈이 아니어라
새가 날고 꽃이 피고 구름이 몰려 와도
눈은 가슴에 어느 하나 전하지 못 하리
보는 만큼 가슴이 눈 따라가지 못 하고
본다 해도 더는 잡을 힘도 하나 없어라
투박하건 우아하건 간에 아니면 불구건
가장 아름다운 모습이건 무얼 보더라도
산이면 산 바다면 바다, 밤이나 낮이나
까마귀든 비둘기든 뭐든 그대가 보이니
그대만으로 가득 차고 더 채울 수 없어
내 가슴은 진실로 내 눈을 멀게 하노라

Sonnet 113

Since I left you, mine eye is in my mind,

And that which governs me to go about

Doth part his function and is partly blind,

Seems seeing, but effectually is out;

For it no form delivers to the heart

Of bird, of flow'r, or shape, which it doth latch.

Of his quick objects hath the mind no part,

Nor his own vision holds what it doth catch;

For if it see the rud'st or gentlest sight,

The most sweet favor or deformed'st creature,

The mountain or the sea, the day or night,

The crow, or dove, it shapes them to your feature.

  Incapable of more, replete with you,

  My most true mind thus makes mine eye untrue.

소네트 114

내 가슴은 그대를 왕관 삼아 쓰니
왕의 독약인 이 아첨 마신다 할까
아님 내 눈이 진실을 말한다 할까
그대 사랑 내 눈에 연금술 가르쳐
못 생긴 것이나 형체가 없는 것도
그대를 빼닮은 천사같이 만들리라
뭐든 그 눈빛 받는 대로 바로바로
모든 악은 선으로 변해 간다 하리
처음이 맞아, 내 눈에 아첨이려니
내 가슴 왕답게 폼 잡고 마시리라
내 눈은 가슴이 좋아하는 걸 알아
입맛에 맞도록 술잔을 준비하리라
설사 독 있다 해도 죄는 미약하니
내 눈 아첨 사랑해 먼저 마시리라

Or whether doth my mind, being crowned with you,

Drink up the monarch's plague, this flattery?

Or whether shall I say mine eye saith true,

And that your love taught it this alchemy,

To make of monsters, and things indigest,

Such cherubins as your sweet self resemble,

Creating every bad a perfect best

As fast as objects to his beams assemble?

O,'tis the first, 'tis flatt'ry in my seeing,

And my great mind most kingly drinks it up.

Mine eye well knows what with his gust is 'greeing

And to his palate doth prepare the cup.

  If it be poisoned, 'tis the lesser sin

  That mine eye loves it and doth first begin.

소네트 115

전에 내가 쓴 시는 다 거짓이어라
그대를 더 사랑할 수 없다 한 말도
그때는 내 불꽃 더없이 크다 여겨
훗날 더 타오르리란 걸 알지 못해
백만 가지 일이 약속 사이 끼더니
그대의 약속을 엿가락으로 만들고
아름다움을 추하게 이성을 무디게
신념도 세파도 출렁거린다 했어라
시간이 포악해 슬프도록 두려우면
앞날을 의심하고 현재를 예찬하여
그때 왜 확실히 말하지 못했을까?
지금 내가 그대를 가장 사랑한다고
사랑은 아기라 그리 못하였으리라
지금도 자라는, 더 자라게 두려는

Those lines that I before have writ do lie,

Even those that said I could not love you dearer.

Yet then my judgment knew no reason why

My most full flame should afterwards burn clearer.

But reckoning Time, whose millioned accidents

Creep in 'twixt vows and change decrees of kings,

Tan sacred beauty, blunt the sharp'st intents,

Divert strong minds to th' course of alt'ring things.

Alas, why, fearing of Time's tyranny,

Might I not then say, "Now I love you best,"

When I was certain o'er incertainty,

Crowning the present, doubting of the rest?

  Love is a babe; then might I not say so,

  To give full growth to that which still doth grow.

소네트 116

진실한 가슴이면 어떤 장해물도 뛰어 넘으리라

변한다고 변해버리는

떠난다고 떠나버리는

그런 사랑은 사랑이 아니야

아, 사랑은 변하지 않는 약속

폭풍을 마주하고도 흔들리지 않는

떠도는 조각배를 인도하는 북극성

그런 사랑은 얼마나 깊은지 알 수가 없어

장밋빛 입술과 뺨이 세월의 굽은 칼날에 희생되어도

사랑은 세월이 맘대로 하는 노리개 아니야

시간이 흘러도 변하지 않는

그런 사랑과 세상 끝까지 함께 가리라

이런 독백이 정녕 잘못이라 한다면

더는 글 쓰지 않으리라 그 누구도 사랑하지 않으리라

Sonnet 116

Let me not to the marriage of true minds

Admit impediments; Love is not love

Which alters when it alteration finds,

Or bends with the remover to remove.

O, no, it is an ever-fixed mark

That looks on tempests and is never shaken;

It is the star to every wandering bark,

Whose worth's unknown, although his height be taken.

Love's not Time's fool, though rosy lips and cheeks

Within his bending sickle's compass come;

Love alters not with his brief hours and weeks,

But bears it out even to the edge of doom.

  If this be error and upon me proved,

  I never writ, nor no man ever loved.

소네트 117

나를 혼내 주기를
그대 아량에도 보답을 소홀히 하고
날마다 해야지 꼭 해야지 하면서도
사랑 섬김을 잊어
낯선 사람과 어울리다 비싸게 사는
그대 사랑할 권리 시간에 줘버리니
온갖 바람에 기웃해 돛을 올리고는
그대 시야에서 저 멀리 가버렸으니
고의든 실수든 죄다 기록하여 두라
정확한 증거 위에 추측 쌓아야하니
찌푸린 그대 앞에다 날 데려다주오
허나 증오를 깨워 쏘아붙이진 마라
그대 한결같은 참된 사랑 보여주려
난 마음과 몸으로 매달렸을 뿐이니

Accuse me thus: that I have scanted all

Wherein I should your great deserts repay,

Forgot upon your dearest love to call,

Whereto all bonds do tie me day by day;

That I have frequent been with unknown minds,

And given to time your own dear-purchased right;

That I have hoisted sail to all the winds

Which should transport me farthest from your sight.

Book both my wilfulness and errors down,

And on just proof surmise accumulate;

Bring me within the level of your frown,

But shoot not at me in your wakened hate;

  Since my appeal says I did strive to prove

  The constancy and virtue of your love.

소네트 118

우리 식욕 한층 더 돋우려고
양념으로 입맛을 자극하듯이
안 보이는 병이 생기기 전에
설사약으로 막으려다 병 앓듯
물릴 줄 모르는 그대 달콤함
쓴 양념으로 음식 간 맞추니
복에 겨워 방법 알게 되리라
병나기 전에 미리 앓아본다고
오지도 않은 불행 대비한다는
사랑의 방책은 과오를 범하니
건강한 몸에 약 처방하는 꼴
건강에 겨워서 치료받으려는
나는 진정 배워서 알게 되니
그대 싫증나면 약도 독이라는

Sonnet 118

Like as to make our appetites more keen

With eager compounds we our palate urge,

As, to prevent our maladies unseen,

We sicken to shun sickness when we purge;

Even so, being tuff of your ne'er-cloying sweetness,

To bitter sauces did I frame my feeding;

And, sick of welfare, found a kind of meetness

To be diseased ere that there was true needing.

Thus policy in love, t' anticipate

The ills that were not, grew to faults assured,

And brought to medicine a healthful state,

Which, rank of goodness, would by ill be cured.

But thence I learn, and find the lesson true,

Drugs poison him that so fell sick of you.

소네트 119

아, 요부의 눈물을 난 얼마나 들이마셨는지 모릅니다
지옥 같은 시커먼 깔때기로 걸러내는 그 거짓 눈물을
희망에는 두렵다고, 두려움엔 희망이라고 말놀음하니
나 뭔가를 얻었다 여겨도 가만 보면 항상 잃었더군요
겪을 수 있는 행복을 마음껏 누린다고 생각하는 동안
이 얼마나 끔찍한 잘못을 내 가슴이 저질러 놓았는지
미치게 하는 열병이 몸을 휘감아 발작하는 혼돈 속에
두 눈망울은 제자리에서 튀어나오려 몸부림일 수밖에
아, 병으로 얻은 이득으로 이제야 나를 되돌아봅니다
선한 것은 악이 있어서 더욱 선한 것으로 되어갑니다
그렇게 허물어진 사랑이라도 새로이 쌓고 쌓아올리면
처음보다 더 아름답고 더 강하고 더 커지게 되어가리
그대 품에 돌아오니 비난 이리 받아도 미련 없으려니
내겐 병으로 잃은 것보다 세 곱절이나 더 이득입니다

Sonnet 119

What potions have I drunk of Siren tears

Distilled from limbecks foul as hell within,

Applying fears to hopes and hopes to fears,

Still losing when I saw myself to win!

What wretched errors hath my heart committed,

Whilst it hath thought itself so blessed never!

How have mine eyes out of their spheres been fitted

In the distraction of this madding fever!

O benefit of ill: now I find true

That better is by evil still made better;

And ruined love, when it is built anew,

Grows fairer than at first, more strong, far greater.

  So I return rebuked to my content,

  And gain by ill thrice more than I have spent.

소네트 120

한때 차갑던 그대 이제 포근해지니
그때 내가 겪었던 슬픔으로 인해서
내 신경이 황동이나 강철 아니라면
내 죄 허리 숙여 사과해야 하리라
나만큼 내 무정에 그대 힘들었으니
더 지옥과 같은 시간을 보냈으리라
폭군인 나는 돌아볼 여유 없었노라
그대의 죄로 얼마나 고통 겪었는지
투명한 슬픔이 얼마나 가슴 쳤는지
가슴속 눈물의 밤 얼마나 진했는지
그때 그대가 내게 그랬듯, 나 또한
상처받은 가슴에 바를 약 드리리라
이제야 그대 허물은 보상이 되려니
그대와 난 서로의 죄를 안아주리라

Sonnet 120

That you were once unkind befriends me now,

And for that sorrow which I then did feel

Needs must I under my transgression bow,

Unless my nerves were brass or hammered steel.

For if you were by my unkindness shaken,

As I by yours, you've passed a hell of time,

And I, a tyrant, have no leisure taken

To weigh how once I suffered in your crime.

O, that our night of woe might have rememb'red

My deepest sense how hard true sorrow hits,

And soon to you, as you to me, then tend'red

The humble slave which wounded bosoms fits!

  But that your trespass now becomes a fee;

  Mine ransoms yours, and yours must ransom me.

소네트 121

나쁘다는 말 듣기보다 차라리 나쁜 것이 더 낫지
실은 그렇지 않은데 나쁘다고 비난받는 경우라면
우리 맘 아닌 다른 사람 눈으로 평가되는 거라면
온전한 기쁨마저 잃어버리고 누리지 못할 바에는
어이해 음탕과 거짓으로 꽉 찬 다른 사람 눈들은
내가 하는 불타는 사랑을 바람이라 눈 흘기는지
어째서 나보다 못난 자들이 내 약점을 훔쳐보고
나는 좋다는데 나쁘다 손가락질 멋대로 해대는지
아니 누가 뭐래도 나는 나인데 나를 흉보는 자는
자기 얼굴에 침 뱉는 줄 모르고 나를 비난하는지
당신들은 뒤틀릴 대로 뒤틀려도 나는 반듯하기만
거렇게 때 묻은 가슴으로 날 보고 손가락질 마라
사람은 다 그렇고 그렇게 악하고 악이 지배한다는
그런 성악설을 모두가 떠받들고 섬긴다면 몰라도

'Tis better to be vile than vile esteemed

When not to be receives reproach of being,

And the just pleasure lost, which is so deemed

Not by our feeling, but by others' seeing.

For why should others' false adulterate eyes

Give salutation to my sportive blood?

Or on my frailties why are frailer spies,

Which in their wills count bad what I think good?

No, I am that I am, and they that level

At my abuses reckon up their own;

I may be straight though they themselves be bevel.

By their rank thoughts my deeds must not be shown,

  Unless this general evil they maintain:

  All men are bad and in their badness reign.

소네트 122

그대가 준 수첩은 내 머릿속에 있지
잊지 못할 기억으로 꽉 채워진 채로
보잘것없는 종이 울타리를 넘나드니
시간은 흘러가도 기억은 머무르리라
아니면 적어도 자연의 섭리에 따라
머리와 가슴이 손발을 계속 쓰는 한
기억 하나하나 망각에 맡겨지기까지
그대가 남긴 향기를 가슴에 새기리라
빈약한 수첩으로는 다 담을 수 없어
그대 새겨낼 쪼가리 필요치 않으리
그러니 과감하게 수첩을 치워버리고
더 많이 담아낼 내 가슴을 믿으려니
그대 기억할 뭔가 더 필요하다 함은
잠시 잊을 수 있다는 망각 뜻하기에

Thy gift, thy tables, are within my brain

Full charactered with lasting memory,

Which shall above that idle rank remain

Beyond all date, even to eternity;

Or at the least, so long as brain and heart

Have faculty by nature to subsist,

Till each to razed oblivion yield his part

Of thee, thy record never can be missed.

That poor retention could not so much hold,

Nor need I tallies thy dear love to score.

Therefore to give them from me was I bold,

To trust those tables that receive thee more.

  To keep an adjunct to remember thee

  Were to import forgetfulness in me.

소네트 123

시간아, 나와 달리 안 변한다 자랑하지 마라
새로운 힘으로 세워졌다는 너의 그 금자탑도
예전에 보았던 모습에 그저 새 옷 입혀 놓아
내겐 전혀 새롭지도 색다르지도 않을 뿐이니
인생은 짧고 짧다보니 시간을 찬미할 수밖에
오래된 것을 새로운 것으로 얼버무린다 해도
그전에 들은 적이 있다고 생각하지 아니하고
우리 욕망에 맞도록 태어난 것이라 믿으리라
예나 지금이나 경이로움 하나 못 느껴지기에
세월도 기록도 곧이곧대로 인정을 안 하리라
줄곧 앞으로 가면서 커졌다 작아졌다 변하니
기록과 보이는 모습조차 거짓이라 할 수밖에
나 이렇게 맹세하리니 이 맹세는 영원하리라
시간이 낫 들고 훼방 놓은들, 난 진실하여라

Sonnet 123

No, Time, thou shalt not boast that I do change.

Thy pyramids built up with newer might

To me are nothing novel, nothing strange;

They are but dressings of a former sight.

Our dates are brief, and therefore we admire

What thou dost foist upon us that is old,

And rather make them born to our desire

Than think that we before have heard them told.

Thy registers and thee I both defy,

Not wond'ring at the present, nor the past;

For thy records and what we see doth lie,

Made more or less by thy continual haste.

  This I do vow and this shall ever be:

  I will be true despite thy scythe and thee.

소네트 124

소중한 사랑이 우연의 산물이라면
시간의 사랑이나 미움에 지배되어
잡초는 잡초 꽃은 꽃에서 따오리니
운명의 여신 사생아로 여길만하리
아니 내 사랑은 우연과 거리 멀어
우리가 그렇게 살아왔듯 앞으로도
허세의 화려한 미소에도 안 아프고
불만은 억눌려도 터질 줄 모르리라
단기간 적용 되는 이단자의 음모에
하나도 겁먹지 않으리라 내 사랑은
홀로 위대해 지혜롭게 초연히 서서
폭염에도 소나기에도 끄떡없으리라
악을 위해 살다가 선을 위해 죽는
시간의 광대가 날 위해 증언하리라

If my dear love were but the child of state,

It might for Fortune's bastard be unfathered,

As subject to Time's love, or to Time's hate,

Weeds among weeds, or flowers with flowers gathered

No, it was builded far from accident;

It suffers not in smiling pomp, nor falls

Under the blow of thralled discontent,

Whereto the inviting time our fashion calls.

It fears not Policy, that heretic,

Which works on leases of short-numb'red hours,

But all alone stands hugely politic,

That it nor grows with heat, nor drowns with showers

  To this I witness call the fools of Time,

  Which die for goodness, who have lived for crime.

소네트 125

양산 받쳐준다고 무슨 소용이 있을까
겉으로만 존경 표하는데 지나지 않아
명성이 영원하게 기반을 다진다 해도
허망하게 무너지면 무슨 의미 있을까
겉멋과 아부 먹고 사는 자들 못 봤니
대가 톡톡히 치루고 잃어가는 모습을
소박한 맛 대신 섞어놓은 단맛에 찌든
눈에 보이는 것만 붙잡는 가련한 자들
나는 그대 가슴에 온 마음을 바치리라
초라해도 더 수수한 내 헌신 받아주길
때 하나 안 묻고 기교 부릴 줄 모르니
오직 그대와 나 서로 믿고 함께하리라
위증하는 밀고자여 그대에서 물러나길
비난에도 내 가슴 아무 속박 못하려니

Were't aught to me I bore the canopy,

With my extern the outward honoring,

Or laid great bases for eternity,

Which prove more short than waste or ruining?

Have I not seen dwellers on form and favor

Lose all and more by paying too much rent,

For compound sweet forgoing simple savor,

Pitiful thrivers, in their gazing spent?

No, let me be obsequious in thy heart,

And take thou my oblation, poor but free,

Which is not mixed with seconds, knows no art,

But mutual render, only me for thee.

  Hence, thou suborned informer! a true soul

  When most impeached stands least in thy control.

소네트 126

아 사랑스런 그대, 놓여있어라
한 손엔 모래시계 한 손엔 낫이
모래 빠져도 낫질에도 원숙해져
시들한 연인엔 늘 고와 보이리라
파멸을 다스리는 여왕인 자연이
그대가 앞으로 가도 뒤로 당기니
술수로 시간을 부끄럽게 하고는
가련한 순간들을 없애려 함이라
자연 두려워하길 보배를 지녀도
영원하진 않아 청산 요구하리라
늦춘다 해도 아니할 순 없으리니
맨 끝, 자연히 그대 자연이 되리

O thou, my lovely boy, who in thy power

Dost hold Time's fickle glass, his sickle, hour,

Who hast by waning grown, and therein show'st

Thy lovers withering, as thy sweet self grow'st;

If Nature, sovereign mistress over wrack,

As thou goest onwards, still will pluck thee back,

She keeps thee to this purpose, that her skill

May Time disgrace and wretched minutes kill.

Yet fear her, O thou minion of her pleasure!

She may detain, but not still keep her treasure.

  Her audit, though delayed, answered must be,

  And her quietus is to render thee.

소네트 127

옛날에 검은 피부는 미인이라 여기지 않아
아름답다 해도 미인이라 부를 줄 몰랐거늘
허나 지금은 검은 피부가 미인 계승한다고
아름다움은 가짜라는 오명에 무안당하려니
누구나 자기 손으로 자연의 힘을 가장하여
화장술로 추함을 가려 얼굴 아름답게 하니
달콤한 아름다움은 그 이름도 성역도 없이
치욕 속에 살지는 않아도 모독을 당하리라
그대 눈동자는 까마귀같이 검을 뿐 아니라
두 눈은 어울리며 애도하는 듯이 보이지요
미인 아닌데 자기 아름다움 완전하다 하며
자연이 이룬 창조를 거짓이라 흉보는 자들
하지만 그대의 눈은 슬프도록 맑을 뿐이니
미인은 그리 보여야 한다고 다들 그러지요

In the old age black was not counted fair,

Or, if it were, it bore not beauty's name.

But now is black beauty's successive heir,

And beauty slandered with a bastard shame;

For since each hand hath put on nature's power,

Fairing the foul with art's false borrowed face,

Sweet beauty hath no name, no holy bower,

But is profaned, if not lives in disgrace.

Therefore my mistress' brows are raven black,

Her eyes so suited, and they mourners seem,

At such who, not born fair, no beauty lack,

Slandering creation with a false esteem:

  Yet so they mourn, becoming of their woe,

  That every tongue says beauty should look so.

소네트 128

나를 연주하는 대신에, 그대
고운 손가락으로 축복받은 건반을 두드리면
내 귀 사로잡는 금속성 화음
손끝으로 살며시 구슬려내면
부드러운 그대 손바닥에 입 맞추려 달려드는
건반들 그저 마냥 부러울 뿐
입맞춤이라는 수확 기다리는 내 가련한 입술
건반의 대담함에 얼굴 붉히며 옆에 서있구나
내 입술을 그대가 달콤하게 간질이기만 해도
얼마든지 들썩들썩 춤을 추는 건반이 되리라
그대 손가락이 건반 위를 사뿐사뿐 걸어가니
산 입술보다 죽은 나뭇조각이 더욱 복되리라
건방진 건반들 저리도 행복해 보이니 그대여
건반에겐 손가락을 나에겐 그대 입술을 주길

Sonnet 128

How oft, when thou, my music, music play'st
Upon that blessed wood whose motion sounds
With thy sweet fingers when thou gently sway'st
The wiry concord that mine ear confounds,
Do I envy those jacks that nimble leap
To kiss the tender inward of thy hand,
Whilst my poor lips, which should that harvest reap,
At the wood's boldness by thee blushing stand.
To be so tickled, they would change their state
And situation with those dancing chips
O'er whom thy fingers walk with gentle gait,
Making dead wood more blest than living lips.
　Since saucy jacks so happy are in this,
　Give them thy fingers, me thy lips to kiss.

소네트 129

수치심 낭비하며 정력 쏟는 게 성교이리라
욕정 풀기 전까지 색욕은 지나가는 거짓말
망가뜨리고 상처내고 남 탓 가득 채우다가
거침없이 사정없이 과격하게 힘만 쓰는 놈
즐기고 나면 쾌락은 가버리고 이내 모멸만
이성을 눈 밖에 두고 사냥하다 끝나면 바로
이성은 눈 밖에 나고 색욕은 증오 해대리라
일부러 놓아둔 미끼 삼킨 자를 미치게 하고
쾌락은 할 때 미치고 맛보고 나도 미치리라
가져도 갖고 있어도 가지려 하는 마약 같은
맛볼 땐 황홀하지만 맛보고 나면 독한 고통
하기 전엔 두근두근 하고 나면 한갓 연기라
이 모두를 잘 안다 해도 아무도 모르는지도
지옥으로 가는 이 황홀한 천국 피하는 법을

Sonnet 129

The expense of spirit in a waste of shame

Is lust in action; and till action, lust

Is perjured, murd'rous, bloody, full of blame,

Savage, extreme, rude, cruel, not to trust;

Enjoyed no sooner but despised straight;

Past reason hunted, and no sooner had,

Past reason hated, as a swallowed bait

On purpose laid to make the taker mad;

Mad in pursuit, and in possession so;

Had, having, and in quest to have, extreme;

A bliss in proof, and proved, a very woe;

Before, a joy proposed; behind, a dream.

  All this the world well knows, yet none knows well

  To shun the heaven that leads men to this hell.

소네트 130

그대 눈동자 해처럼 빛나지 않고
그 입술은 산호보다 빨갛지 않아
가슴은 눈만큼 하얗지 않고 차라리 검지
머리카락은 금줄이 아닌 시커면 철사 줄
붉고도 하얀 장미 넋 잃고 바라보지만
그대 민낯은 그런 장미 하나도 없구나
그대 가까이서 풍기는 체취보다
향수가 향긋하게 코끝을 찌르지
나 그대 목소리 듣는 걸 좋아하지만
음악 소리에 귀가 더 솔깃해지는 나
걸어 다니는 여신 본 적이 없는데
내 여신은 땅을 밟고 또 밟는구나
그래도 내 사랑 소중하고 귀한 사람
말로 꾸민 날개를 단 누구보다 참한

Sonnet 130

My mistress' eyes are nothing like the sun;

Coral is far more red than her lips' red;

If snow be white, why then her breasts are dun;

If hairs be wires, black wires grow on her head.

I have seen roses damasked, red and white,

But no such roses see I in her cheeks,

And in some perfumes is there more delight

Than in the breath that from my mistress reeks.

I love to hear her speak, yet well I know

That music hath a far more pleasing sound.

I grant I never saw a goddess go;

My mistress when she walks treads on the ground.

   And yet, by heaven, I think my love as rare

   As any she belied with false compare.

소네트 131

그대 그저 그런 외모에도 까칠하게 대하는 것은
아름답다 오만하게 횡포부리는 미인과 같으리니
그대는 내 가슴이 바라보는 뜨거운 시선을 알고
아름답게 빛나는 보석 되어 차갑게 날 대하리라
그대를 본 사람은 솔직하게 내게 와 일러주려니
빠져들어 못 보면 신음하는 그런 수준 아니라는
그들이 틀렸다고는 내 입으로 말할 순 없으리니
그래도 오직 그대만 내 가슴에 있는 여신이리라
바람 분다 해도 눈빛은 흔들림 없이 맹세하고는
그대 얼굴 떠올리면 가슴은 수천 번 호흡하고는
쿵쾅대며 온몸 감싸고 쉼 없이 증언을 해대리라
그대 까만 빛깔이 이 세상에서 가장 아름답다고
드러나는 모습 말고는 그대가 검다 말하지 말길
행여 탓하게 되면 다 몸짓 거멓게 보인 탓이리니

Thou art as tyrannous, so as thou art,

As those whose beauties proudly make them cruel;

For well thou know'st to my dear doting heart

Thou art the fairest and most precious jewel.

Yet, in good faith, some say that thee behold,

Thy face hath not the power to make love groan:

To say they err I dare not be so bold,

Although I swear it to myself alone.

And, to be sure that is not false I swear,

A thousand groans, but thinking on thy face,

One on another's neck, do witness bear

Thy black is fairest in my judgment's place.

  In nothing art thou black save in thy deeds,

  And thence this slander, as I think, proceeds.

소네트 132

난 그대 눈을 사랑하지만 그 눈은 날 가엾이 봅니다
그대 가슴이 날 낮추어 보고 다치게 하는 줄 알기에
그대는 검은 옷을 입고 하얀 눈물 머금은 여인 되어
내가 받는 상처를 가슴 아리게 내려다봅니다
아침에 떠오르는 해도
동녘 하늘 회색빛 뺨에는 어울리지 않습니다
저녁 맞이하는 샛별도
영롱한 서녘 하늘을 절반도 채우지 못합니다
그대 두 눈은 슬퍼도 얼굴에 어울리듯이
그대 가슴도 함께해 날 보고 울어주기를
눈물도 방울방울 그대를 우아하게 하려니
까만 가슴도 까만 눈 따라 까만 눈물 흘려주기를
가만 보니, 까만색은 이토록 아름다우니
눈물도 웃음도 까만색 아닌 것은 다 미워집니다

Sonnet 132

Thine eyes I love, and they, as pitying me,

Knowing thy heart torment me with disdain,

Have put on black and loving mourners be,

Looking with pretty ruth upon my pain.

And truly not the morning sun of heaven

Better becomes the grey cheeks of the east,

Nor that full star that ushers in the even

Doth half that glory to the sober west

As those two mourning eyes become thy face.

O, let it then as well beseem thy heart

To mourn for me, since mourning doth thee grace,

And suit thy pity like in every part.

  Then will I swear beauty herself is black,

  And all they foul that thy complexion lack.

소네트 133

오늘 그대 그림자는 더 시커멓고 낯설지요
나와 친구 가슴은 퍼렇게 멍들고 시립니다
그대 사랑할수록 내 눈은 벌겋게 아프지요
쓰디쓴 사랑은 친구 달콤한 입도 빼앗지요
잔인한 그대 눈은 내게서도 나를 앗아가고
회오리로 또 다른 나인 친구마저 삼키지요
친구와 나 자신에게 그대에게 나 버려지니
세 번 세 곱절이나 더한 상처를 받게 되리
쇠로 두른 그대 품에 내 가슴 가둔다 해도
대신에 내 친구 가슴은 자유롭게 놔주기를
아무리 날 가두어도 나는 친구를 지키려니
그대는 감방에서 날 매정히는 못 다루리라
하지만 이젠 내게 맘껏 가혹해도 좋으리라
나와 내 가슴에 있는 모두 다 그대 것이니

Beshrew that heart that makes my heart to groan

For that deep wound it gives my friend and me.

Is't not enough to torture me alone,

But slave to slavery my sweet'st friend must be?

Me from myself thy cruel eye hath taken,

And my next self thou harder hast engrossed.

Of him, myself, and thee, I am forsaken;

A torment thrice threefold thus to be crossed.

Prison my heart in thy steel bosom's ward,

But then my friend's heart let my poor heart bail;

Whoe'er keeps me, let my heart be his guard;

Thou canst not then use rigor in my gail.

  And yet thou wilt, for I, being pent in thee,

  Perforce am thine, and all that is in me.

소네트 134

내 친구는 그대 것이라 고백하려니
나도 그대에게 저당 잡힌 몸이리라
그대 맘대로 내 몸뚱이 가져가리니
둘도 없는 친구 위안되게 돌려주길
그러지 않아 친구도 자유롭지 못해
그대는 욕심 많고 친구는 착하기만
그 친구 날 위해 단지 보증서 쓰고
그대에게 단단히 묶여 그리 있어라
그대는 아름다움으로 저당 잡으니
이자에 이자 붙이는 고리대금업자
사랑 이자 불어난 친구를 고소하니
친구는 여지없이 내 곁을 떠났구나
그대는 친구와 나를 모두 가졌지만
친구 다 갚아도, 난 자유 아니어라

Sonnet 134

So, now I have confessed that he is thine

And I myself am mortgaged to thy will,

Myself I'll forfeit, so that other mine

Thou wilt restore, to be my comfort still.

But thou wilt not, nor he will not be free,

For thou art covetous and he is kind;

He learned but surety-like to write for me

Under that bond that him as fast doth bind.

The statute of thy beauty thou wilt take,

Thou usurer that put'st forth all to use,

And sue a friend came debtor for my sake;

So him I lose through my unkind abuse.

  Him have I lost, thou hast both him and me;

  He pays the whole, and yet am I not free.

소네트 135

채워도 채워지지 않는 가득해도 덤으로 얻는
욕망은 분명 있습니다 소망 있는 여인이라면
여전히 그대를 괴롭히는 나는 필요 이상으로
그대 달콤한 욕정에다 내 욕정을 들이붓지요
담아내는 그대 그릇은 크고 넓어 넉넉하오니
그대 욕정 속에 내 것 안 보이게 감춰주기를
남이 하는 사랑은 바르고 우아하게 보이는데
내가 하는 사랑은 왜 빛나게 안 받아주나요?
바다는 온통 물인데도 여전히 비를 받아들여
이미 충분히 있음에도 더하고 다시 더하지요
사랑하고픈 그대, 더 크게 욕정으로 성 쌓아
내 조그만 사랑 하나 더해 큰 사랑 이루기를
애원해도 안 된다고 매몰차게 차버리지 말고
모두 하나로 보아 나도 그 사랑에 넣어 주길

Whoever hath her wish, thou hast thy Will,

And Will to boot, and Will in overplus;

More than enough am I that vex thee still,

To thy sweet will making addition thus.

Wilt thou, whose will is large and spacious,

Not once vouchsafe to hide my will in thine?

Shall will in others seem right gracious,

And in my will no fair acceptance shine?

The sea all water, yet receives rain still

And in abundance addeth to his store;

So thou, being rich in Will add to thy Will

One will of mine, to make thy large Will more.

　Let no unkind, no fair beseechers kill;

　Think all but one, and me in that one Will.

소네트 136

그대에게 다가서는 걸 그대 영혼이 막는다면
눈먼 영혼에게 말하지요 내가 그대 사랑임을
영혼도 알리라 사랑엔 함께하는 욕정 있다고
달콤한 연인아, 사랑 위한 내 애원 들어주길
그대 사랑의 곳간을 욕정으로 가득 채우리니
그 많은 욕정 속에서 나도 하나가 되게 하길
커다란 그릇에서는 누구나 쉬이 알게 되리라
많은 욕망 속에 하나는 없는 것과 같다는 걸
그저 있는 듯 없는 듯 난 그림자일 뿐이어도
그대 다섯 손가락에 하나가 나라면 좋으련만
나를 모래알로 여긴다 해도 그대가 즐거우면
그리하기를 그래도 그대 빛내는 보석 되리라
내 이름만이라도 사랑이라 늘 사랑이라 하길
사랑이란 이름에 그대 나를 사랑하게 되려니

If thy soul cheque thee that I come so near,

Swear to thy blind soul that I was thy Will,

And will, thy soul knows, is admitted there;

Thus far for love my love-suit, sweet, fulfil.

Will will fulfil the treasure of thy love,

Ay, fill it full with wills, and my will one.

In things of great receipt with ease we prove

Among a number one is reckoned none.

Then in the number let me pass untold,

Though in thy stores' account I one must be;

For nothing hold me, so it please thee hold

That nothing me, a something sweet to thee.

  Make but my name thy love, and love that still,

  And then thou lovest me, for my name is Will.

소네트 137

그대 눈먼 바보여 내 눈에 무슨 짓 했기에
나는 이리 눈 뜨고도 바로 보지 못 하나요
아름다움이 무언지 어디 있는지 다 알아도
가장 나빠도 가장 좋다 눈은 받아들이지요
한쪽으로 휘어진 시선에 상해버린 두 눈이
별별 사람 드나드는 항구에 닻을 내린다면
어이해 그대는 거짓된 눈으로 낚시 만들어
내 가슴 생각을 마음대로 낚아채려 하나요
다 같이 드나들어 어울리는 광장인 이곳을
다 자기 것이라고 어찌 맘대로 생각하는지
내 눈은 알면서도 모른 척 못 본 척하면서
추한 얼굴을 고운 가면으로 가리려 하나요
눈 뜨고 가슴 열고 진정 바라볼 줄 모르니
거짓이란 병에 눈도 가슴도 옮아 아프지요

Sonnet 137

Thou blind fool, Love, what dost thou to mine eyes

That they behold and see not what they see?

They know what beauty is, see where it lies,

Yet what the best is take the worst to be.

If eyes, corrupt by over-partial looks,

Be anchored in the bay where all men ride,

Why of eyes' falsehood hast thou forged hooks,

Whereto the judgment of my heart is tied?

Why should my heart think that a several plot,

Which my heart knows the wide world's common place?

Or mine eyes seeing this, say this is not,

To put fair truth upon so foul a face?

  In things right true my heart and eyes have erred,

  And to this false plague are they now transferred.

소네트 138

진실한 꽃이라고 내 연인이 내게 속삭이면
아닌 줄 알아도 내 사랑이니 그 말 믿지요
세상 얼마나 매운지 하얗게 모르는 풋고추
순수한 풋내기라고 그대 나를 바라봐 주길
나의 꽃봉오리는 이미 졌다고 그대 알아도
나를 피어나는 꽃이라 그리 생각 하더군요
내 사랑 기름칠한 혀를 믿습니다 바보같이
뻔한 진실을 뻔뻔하게 가립니다 우리 모두
왜 말 안 하나요 그대 거짓 조금 붙였다고
왜 말 안 하나요 가만 보니 난 쭉정이라고
사랑이란 이 모두를 믿어주고 안는 거지요
나이는 뭔가요 나는 세는 법도 잊었습니다
오늘도 내 사랑하고 달콤한 말 속삭입니다
허물은 안 보이도록 작은 손으로 가리면서

Sonnet 138

When my love swears that she is made of truth,

I do believe her though I know she lies,

That she might think me some untutored youth,

Unlearned in the world's false subtleties.

Thus vainly thinking that she thinks me young,

Although she knows my days are past the best,

Simply I credit her false speaking tongue;

On both sides thus is simple truth suppressed.

But wherefore says she not she is unjust?

And wherefore say not I that I am old?

O, love's best habit is in seeming trust,

And age in love loves not to have years told.

  Therefore I lie with her and she with me,

  And in our faults by lies we flattered be.

소네트 139

내 가슴을 후벼 파는 그대 찡그린 얼굴
나보고 그 눈길 실은 오해라 하지 않기
상처 주기는 그대 눈이 아닌 혀로 하길
말의 힘 보여 주기를 술수는 쓰지 말고
그대 사랑 다른 데 있다 솔직히 말해도
내 앞에서 그대 두 눈은 나만 바라보기
그 매력은 눌린 방패론 막을 수 없는데
어이해 내겐 가면으로 상처주려 하는지
그대 위해 변명하리라 내 사랑 잘 아니
아름다운 그대 눈길, 다 나의 적이어라
내 얼굴에서 딴 데로 나의 적이 간다면
그자들은 나처럼 끝내 상처를 받으리라
그러지 마라 난 이미 다 죽어가는 불꽃
눈길로 나를 죽여 타는 가슴 다 거두길

Sonnet 139

O, call not me to justify the wrong

That thy unkindness lays upon my heart;

Wound me not with thine eye but with thy tongue;

Use power with power and slay me not by art.

Tell me thou lovest elsewhere, but in my sight,

Dear heart, forbear to glance thine eye aside;

What need'st thou wound with cunning when thy might

Is more than my o'erpressed defense can bide?

Let me excuse thee; ah, my love well knows

Her pretty looks have been mine enemies,

And therefore from my face she turns my foes,

That they elsewhere might dart their injuries.

  Yet do not so; but since I am near slain,

  Kill me outright with looks and rid my pain.

소네트 140

잔인한 만큼 그대 똑똑해지길
낯 뜨겁다 고개 숙여 혀 묶고 쩔쩔 매면 안 되지요
슬픔이 빌려주는 이 말 저 말
동정도 못 받는 내 사랑 방식엔 못 본 척 지나가길
감히 그대에게 한 수 가르치면
사랑하지 않아도 사랑한다는 말은 그냥 하는 거지요
죽음 앞에서 모래시계 모래가 미친 듯이 흘러내려도
환자는 의사가 건강하다 말해 주길 끝까지 기다리듯
마지막 끈마저 놓아버리면 그땐 나는 나도 모르지요
내 가슴 미치게 한 그대를 내 입 미쳐 물어뜯을지도
꽈배기 되어 가는 세상은 곧고 바른 길 잃고 헤매니
미친 혀가 내뱉는 소리를 귀도 미친 듯 믿게 되리라
내 혀는 정신 차립니다 그대를 누가 흉보면 안 되니
그대 가슴 딴 곳에 있어도 눈은 나와 똑바로 맞추길

Sonnet 140

Be wise as thou art cruel; do not press

My tongue-tied patience with too much disdain,

Lest sorrow lend me words, and words express

The manner of my pity-wanting pain.

If I might teach thee wit, better it were,

Though not to love, yet love, to tell me so;

As testy sick men, when their deaths be near,

No news but health from their physicians know;

For if I should despair, I should grow mad,

And in my madness might speak ill of thee:

Now this ill-wresting world is grown so bad

Mad slanderers by mad ears believed be.

  That I may not be so, nor thou belied,

  Bear thine eyes straight, though thy proud heart go wide.

소네트 141

내 눈으로는 그대를 사랑 안 하리라
그대 천 가지 허물을 눈이 엿보기에
눈이 차버린 사랑 품에 안고 가슴은
누가 뭐라 해도 미치게 쿵쿵 뛰려니
귀는 그대 혀가 하는 소리 외면하고
피부는 숨이 거친 손에 흔들림 없이
그대하고만 함께하는 육체 향연에는
혀도 코도 다 손짓 못 본 척 하리라
내가 지닌 어떠한 지혜나 오감 모두
그대 섬기는 바보 가슴 못 막으리라
그 가슴 내게 껍데기만 남기고 가니
오만한 그대의 노예, 천한 종이 되리
다만 난 이 고통 이익으로 여기리라
죄 짓게 한 사랑이 주는 고행이기에

Sonnet 141

In faith I do not love thee with mine eyes,

For they in thee a thousand errors note;

But 'tis my heart that loves what they despise,

Who in despite of view is pleased to dote.

Nor are mine ears with thy tongue's tune delighted,

Nor tender feeling, to base touches prone,

Nor taste, nor smell, desire to be invited

To any sensual feast with thee alone.

But my five wits nor my five senses can

Dissuade one foolish heart from serving thee,

Who leaves unswayed the likeness of a man,

Thy proud hearts slave and vassal wretch to be.

  Only my plague thus far I count my gain,

  That she that makes me sin awards me pain.

소네트 142

그대를 사랑하면 죄이고 날 미워해도 아름다우니
죄를 그대가 미워하는 건 죄 많은 사랑 탓이리라
아 하지만 눈길 들어 그대와 내 처지 비교해보면
나를 이리 나무라지 않아도 좋다고 알게 되련만
행여 흉보고 싶으면 그대 입술로는 하지 말기를
피어오르다 시들해져 버리는, 입술은 붉은 장미
내게 그랬듯 사랑 계약서에 그대는 입술로 찍고
다른 사람 몫의 침대수입도 쓰윽 가로채 가리라
다 사랑이라 그대 말하듯 내 사랑도 사랑이기를
내 눈 그대만 바라보듯 그대도 남들 구애하지요
그대 꽁꽁 언 가슴에 연민의 씨앗을 심어보려니
그대 연민 자라나, 그 연민은 연민 느끼게 되리
숨겨둔 보물이라 그대 나를 찾아 가지려고 하면
그대가 하던 대로 그대로 거절당할 수도, 그대도

Love is my sin, and thy dear virtue hate,

Hate of my sin, grounded on sinful loving.

O, but with mine compare thou thine own state,

And thou shalt find it merits not reproving,

Or if it do, not from those lips of thine,

That have profaned their scarlet ornaments

And sealed false bonds of love as oft as mine,

Robbed others' beds' revenues of their rents.

Be it lawful I love thee, as thou lov'st those

Whom thine eyes woo as mine importune thee.

Root pity in thy heart, that, when it grows,

Thy pity may deserve to pitied be.

  If thou dost seek to have what thou dost hide,

  By self-example mayst thou be denied.

소네트 143

닭 한 마리 울타리 넘어 뛰쳐나가니
살펴보던 아낙네가 냉큼 쫓아갑니다
아기 내려놓고 바람걸음으로 후다닥
그 날쌘 닭 잡으러 정신없이 뜁니다
아기는 버려진 채 엄마 따라 기다가
펑펑 눈물로 엄마 꼭꼭 붙들려 해도
엄마 두 눈엔 달아나는 닭만 있지요
가여운 아기가 보채는 건 가만 두고
그대로부터 달아나는 걸 쫓아갑니다
나는 그대의 아기 그대 뒤를 따르니
그대여 그 꿈을 잡으면 다시 돌아와
엄마가 하듯 내게 입을 맞춰 주기를
그대 원하는 꿈 뭐든 뜻대로 이루길
언제든 돌아와 내 눈물 닦아 준다면

Lo, as a careful housewife runs to catch

One of her feathered creatures broke away,

Sets down her babe, and makes an swift dispatch

In pursuit of the thing she would have stay;

Whilst her neglected child holds her in chase,

Cries to catch her whose busy care is bent

To follow that which flies before her face,

Not prizing her poor infant's discontent:

So run'st thou after that which flies from thee,

Whilst I thy babe, chase thee afar behind;

But if thou catch thy hope, turn back to me

And play the mother's part, kiss me, be kind.

  So will I pray that thou mayst have thy Will,

  If thou turn back and my loud crying still.

소네트 144

나에게 애인이 둘 있으니 위안과 절망이어라
그 둘은 귀신처럼 달라붙어 나를 유혹하노니
반듯한 조각상 닮은 남자는 착한 천사이지만
숯덩이 피부를 가진 여자는 나쁜 천사이리라
툭하면 날 지옥 맛을 보게 하려는 나쁜 천사
착한 천사를 유혹해선 내게서 떠나게 하고는
성스런 천사의 숨결은 악마의 거친 호흡으로
그 순결을 더러운 허영의 손으로 주물렀어라
나의 천사가 악마가 되었는지 안 되었는지는
의심만 가질 뿐, 뭐라고 말할 수가 없으리라
허나 둘은 나를 떠나, 손잡고 하나가 되리니
하나는 다른 하나 지옥 구덩이에 빠졌으리라
하지만 알 수는 없으니 의심하며 사는 수밖에
나쁜 천사가 착한 천사 불길로 쫓아낼 때까지

Sonnet 144

Two loves I have of comfort and despair,

Which like two spirits do suggest me still;

The better angel is a man right fair,

The worser spirit a woman colored ill.

To win me soon to hell, my female evil

Tempteth my better angel from my side,

And would corrupt my saint to be a devil,

Wooing his purity with her foul pride.

And whether that my angel be turned fiend

Suspect I may, but not directly tell;

But being both from me, both to each friend,

I guess one angel in another's hell.

  Yet this shall I ne'er know, but live in doubt,

  Till my bad angel fire my good one out.

소네트 145

사랑의 여신이 손수 만든 입술은
그대 그리며 눈물이 마른 나에게
가슴 소리 꺼내리라 "나는 싫어"
그 말 날 찌르는 가시인 걸 알아
입술은 곧 자비로운 초승달 되어
늘 온화한 심판을 하는데 사용된
혀를 좋은 말만 한다고 나무라며
새로이 인사하는 법을 가르쳤노라
"나는 싫어"의 끝을 고치게 하여
화창한 낮이 밤을 뒤따르듯 끝말
뒤를 이어 나오니 밤은 귀신같이
천국에서 지옥으로 날아갔으리라
"그대 아니고"를 싫어 뒤에 붙여
미움 떨쳐내어 내 목숨 살렸어라

Those lips that Love's own hand did make

Breathed forth the sound that said "I hate"

To me that languished for her sake.

But when she saw my woeful state,

Straight in her heart did mercy come,

Chiding that tongue that ever sweet

Was used in giving gentle doom,

And taught it thus anew to greet:

"I hate" she altered with an end,

That followed it as gentle day

Doth follow night, who, like a fiend,

From heaven to hell is flown away.

  "I hate" from hate away she threw,

  And saved my life, saying "not you."

소네트 146

가엾은 영혼, 죄 많은 흙덩이 주인이여
육체가 감싸는 반역의 힘에 사로잡히고
어이해 속으론 굶주리고 없어 보이면서
바깥벽은 그리도 빛깔 나게 치장하는지
빌려 쓴 시간 짧고 색 바래가는 저택에
왜 이리 커다란 돈을 쏟아 부으려 하나
이렇게 사치스러운 육체 상속자 구더기
몸을 먹어치운다면 이제 몸은 끝장인가
하인인 육체 손실을 먹고 영혼은 살리라
몸뚱이 갉아먹어 영혼을 더 살찌우리라
더러운 시간 팔아 영원한 생명 사들이길
겉은 더 치장하지 않고 속은 살찌우기를
사람 먹고사는 죽음을 그대가 먹으리니
죽음은 한번 죽으면 더는 죽지 않으리라

Poor soul, the centre of my sinful earth,

My sinful earth these rebel powers that thee array,

Why dost thou pine within and suffer dearth,

Painting thy outward walls so costly gay?

Why so large cost, having so short a lease,

Dost thou upon thy fading mansion spend?

Shall worms, inheritors of this excess,

Eat up thy charge? is this thy body's end?

Then, soul, live thou upon thy servant's loss,

And let that pine to aggravate thy store;

Buy terms divine in selling hours of dross;

Within be fed, without be rich no more:

  So shalt thou feed on Death, that feeds on men,

  And Death once dead, there's no more dying then.

소네트 147

내 사랑은 열병과 같아
병은 더 길고 뜨겁기를
사랑 오래 가슴이 먹게
아픈 미각 다시 웃기를
내 사랑 주치의 이성은
처방전 안 지킨다 화나
날 절망에 맡기고 가니
치료 없는 열망은 구름
고침 없이 남겨진 가슴
불안 어둠 속 굴러가고
머리도 입도 미쳐 헤매
하는 대로 말은 바람에
지옥같이 안 보여도 넌
빛나는 수정 구슬 내겐

Sonnet 147

My love is as a fever, longing still

For that which longer nurseth the disease,

Feeding on that which doth preserve the ill,

The uncertain sickly appetite to please.

My reason, the physician to my love,

Angry that his prescriptions are not kept,

Hath left me, and I desperate now approve

Desire is death, which physic did except.

Past cure I am, now reason is past care,

And frantic-mad with evermore unrest;

My thoughts and my discourse as madmen's are,

At random from the truth vainly expressed:

  For I have sworn thee fair and thought thee bright,

  Who art as black as hell, as dark as night.

소네트 148

사랑은 내 얼굴에 어떤 눈 달기에
진실한 모습과 일치하지 않을까요?
같다면 차가운 눈은 어디로 갔기에
똑바로 보고서도 비뚤다 말할까요?
내 눈이 잘못보고 반하는 아름다움
세상이 그거 아니라 하면 어쩌나요
아름답지 않아도 그 사랑 보이지요
보통 눈과 다르게 진실하지 않아도
아니, 어떻게 진실할 수 있을까요?
눈물로 지새우고 아파하는 그 눈은
해님도 하늘이 맑아야 모습 보이듯
나 잘못 봐도 전혀 이상 안 하거늘
잘 보이면 그대 추함을 찾아낼까봐
눈물로 가려 내 눈 못 보게 하지요

O me, what eyes hath love put in my head,

Which have no correspondence with true sight!

Or, if they have, where is my judgment fled,

That censures falsely what they see aright?

If that be fair whereon my false eyes dote,

What means the world to say it is not so?

If it be not, then love doth well denote

Love's eye is not so true as all men's no,

How can it? O, how can love's eye be true,

That is so vexed with watching and with tears?

No marvel then though I mistake my view;

The sun itself sees not till heaven clears.

  O cunning Love, with tears thou keep'st me blind,

  Lest eyes, well-seeing, thy foul fault should find.

소네트 149

아 잔인한 그대여! 나를 버리고 그대 편드는데
그대를 사랑 안 한다고 어찌 말할 수 있으리오
그대를 위해 폭군이 되어 나 자신마저 잊었거늘
어이해 내가 그대를 생각마저 하지 않을 리가요
그대를 미워하는 자는 벗이라 부를 수 없으리니
그대 눈살 찌푸리게 하는 자엔 아부도 없으리라
아니 그대가 나를 보고 찡그리면 이내 신음하며
나 자신에게도 기어이 복수를 하려고 할 것이니
그대 섬기기를 하찮게 여길 만큼 오만에 빠지는
요만한 마음이라도 내 가슴에 있기라도 하는지
내가 가진 모든 재주로 그대 흠마저 찬미할 적
그대 눈 움직이는 대로 명령 받드는 것 아는지
하지만 미워하려면 하시라 그대 마음 알았으니
그대 볼 수 있는 자 사랑하지만 난 장님이어라

Sonnet 149

Canst thou, O cruel, say I love thee not,

When I against myself with thee partake?

Do I not think on thee, when I forgot

Am of myself, all tyrant for thy sake?

Who hateth thee that I do call my friend?

On whom frown'st thou that I do fawn upon?

Nay, if thou lour'st on me, do I not spend

Revenge upon myself with present moan?

What merit do I in myself respect

That is so proud thy service to despise,

When all my best doth worship thy defect,

Commanded by the motion of thine eyes?

  But, love, hate on, for now I know thy mind:

  Those that can see thou lov'st, and I am blind.

소네트 150

그대는 결점 있어도 마음을 흔들어놓아
무엇이 그대를 그토록 전능하게 만드나
진실하게 보아도 거짓으로 보이게 하고
해마저 낮을 빛내지 못한다고 믿으려니
어떻게 쓰레기 같은 그대의 행동에서도
추한 것을 아름답게 이리도 잘 만드는지
그대는 그런 힘과 확실한 솜씨가 있으니
그대 최악은 최선보다 더 나아 보이리라
그대를 미워해야할 이유 더 듣고 볼수록
그대 더 사랑하게 되니 무슨 비법이라도
남들 미워한 대상을 내가 사랑할지라도
그대는 그들처럼 내 처지 미워하지 마라
그대의 하찮음이 내게 사랑 불러 온다면
나는 그대 사랑 더욱 받을 만하다 하리라

Sonnet 150

O, from what pow'r hast thou this pow'rful might

With insufficiency my heart to sway?

To make me give the lie to my true sight,

And swear that brightness doth not grace the day?

Whence hast thou this becoming of things ill,

That in the very refuse of thy deeds

There is such strength and warrantize of skill

That in my mind thy worst all best exceeds?

Who taught thee how to make me love thee more,

The more I hear and see just cause of hate?

O, though I love what others do abhor,

With others thou shouldst not abhor my state:

  If thy unworthiness raised love in me,

  More worthy I to be beloved of thee.

소네트 151

사랑은 양심이 무언지 모르는 풋내기라 할까나
양심은 사랑에서 태어남을 누군들 모른다 하리
말쑥한 사기꾼아, 내 잘못에다 뭐라 하지 마라
내 허물인 죄가 그대 것이 되지는 말아야 하니
그대가 나를 배신하면 나도 그대를 배신하리라
숭고한 마음을 더러운 육체의 반역으로 삼고선
영혼은 육체에 말하리라 사랑 승자는 자신임을
육체는 이름 들리자 더 듣지 않고 망설임 없이
불끈 일어나 그대를 자기 것이라고 가리키노라
사랑의 전리품이라 여기며, 스스로 자랑스러워
육체는 얼마든지 그대의 천한 노예 되려하느니
그대를 위해 세우고 쓰러지고 하다 만족하노라
이를 사랑이라 부름은 양심이 없어서가 아니라
귀한 사랑 위하여 일어서고 쓰러지고 다하기에

Love is too young to know what consciencc is,

Yet who knows not conscience is born of love?

Then, gentle cheater, urge not my amiss,

Lest guilty of my faults thy sweet self prove.

For thou betraying me, I do betray

My nobler part to my gross body's treason;

My soul doth tell my body that he may

Triumph in love; flesh stays no father reason,

But rising at thy name, doth point out thee,

As his triumphant prize. Proud of this pride,

He is contented thy poor drudge to be,

To stand in thy affairs, fall by thy side.

  No want of conscience hold it that I call

  Her "love" for whose dear love I rise and fall.

소네트 152

사랑하는데 언약 깨어버린 나를 그대는 알리라
내게 한 사랑 다짐을 그대도 두 번 깨버렸으니
잠자리에서 한 약속도 가슴에 아로새긴 믿음도
새로 증오를 키워냈어라 새로 사랑한다 하고는
약속을 두 번 깼다고 어찌 그대를 나무랄 수가
스무 번이나 깨뜨린 나는 더 나쁜 위선자인 걸
그대를 잘못 알고서 말로만 사랑한다고 했으니
그대 때문에 나의 모든 믿음도 갈 길 잃었어라
나는 그대 우러나는 친절에 굳게 약속을 하고
그대의 사랑과 진실과 정조에 대해 다짐했어라
그대 빛나게 하려고 내 눈에 어둠 내리게 하여
다 거꾸로 말하게 했어라 눈이 보는 대로 아닌
그대를 아름답다 맹세했으니 위증하는 내 눈은
가슴이 하는 거짓말을 눈감고 진실이라 했어라

Sonnet 152

In loving thee thou know'st I am forsworn,

But thou art twice forsworn, to me love swearing;

In act thy bed-vow broke, and new faith torn

In vowing new hate after new love bearing.

But why of two oaths' breach do I accuse thee,

When I break twenty? I am perjured most,

For all my vows are oaths but to misuse thee,

And all my honest faith in thee is lost;

For I have sworn deep oaths of thy deep kindness,

Oaths of thy love, thy truth, thy constancy;

And to enlighten thee, gave eyes to blindness,

Or made them swear against the thing they see;

  For I have sworn thee fair; more perjured eye,

  To swear against the truth so foul a lie.

소네트 153

큐피드가 횃불 곁에 두고 잠들지요
다이애나 섬기는 시녀 기회를 잡고
사랑의 불방망이를 회오리바람으로
그 계곡 차가운 샘에다 집어넣지요
이 성스런 사랑의 성화에서 샘물은
팔팔하게 살아 뜨겁게 호흡 뱉으며
혈기 끓는 온천이라 남자 찾아오면
이름 모를 병이든 뭐든 고쳐내지요
연인 눈에 불방망이 다시 타오르고
큐피드가 내 가슴에 시험으로 대니
나는 병들어 온천에 손길 청하려고
울적한 사랑 병에 서둘러 달립니다
허나 효험 없으니 날 치료할 온천은
큐피드가 불붙인 그대 두 눈입니다

Sonnet 153

Cupid laid by his brand and fell asleep.

A maid of Dian's this advantage found,

And his love-kindling fire did quickly steep

In a cold valley-fountain of that ground;

Which borrowed from this holy fire of Love

A dateless lively heat, still to endure,

And grew a seething bath, which yet men prove

Against strange maladies a sovereign cure.

But at my mistress' eye Love's brand new-fired,

The boy for trial needs would touch my breast;

I, sick withal, the help of bath desired,

And thither hied, a sad distempered guest,

  But found no cure; the bath for my help lies

  Where Cupid got new fire-my mistress' eyes.

소네트 154

작은 사랑의 신이 한번은 잠이 들어
가슴 지피는 불방망이 내려놓았노라
순결을 약속한 요정들이 지나가다가
더는 아름다울 수 없는 요정 하나가
정결한 손으로 불방망이를 잡았노라
수많은 사람 그 진실한 가슴 달구던
뜨거운 욕망의 장군은 잠을 자다가
한 처녀의 손에 무장해제 되었노라
그 처녀 차가운 샘에 불 꺼져버리니
그 샘은 사랑의 횃불로 꺼지지 않는
온천이 되어, 아픈 남자를 안으리라
하지만 연인이 하라는 대로 한 나는
치료하러 갔다가 경험으로 알았으니
사랑의 불은 물 덥히나, 물은 사랑 식히지 못하노라

Sonnet 154

The little Love-god lying once asleep

Laid by his side his heart-inflaming brand,

Whilst many nymphs that vowed chaste life to keep

Came tripping by, but in her maiden hand

The fairest votary took up that fire,

Which many legions of true hearts had warmed;

And so the general of hot desire

Was, sleeping, by a virgin hand disarmed.

This brand she quenched in a cool well by,

Which from Love's fire took heat perpetual,

Growing a bath and healthful remedy

For men diseased; but I, my mistress' thrall,

  Came there for cure, and this by that I prove:

  Love's fire heats water, water cools not love.

영시에서 우리말 시로
- 번역시의 새로운 지평을 위하여

한국외국어대학교 영어통번역학부 교수 윤선경

미국의 현대시인 로버트 프로스트는 "시는 번역에서 상실된 다"(Poetry is what gets lost in translation)라는 말로, 시 번역의 불 가능성을 토로한 바 있다. 이처럼 시 번역은 종종 문학번역 중 에서도 가장 어려운 분야로 여긴다. 그것은 시에서 형식은 내용 만큼이나 또는 그보다 더 중요할 수 있기 때문이다. 그럼에도 역 사 속에서 많은 시인들은 지속적으로 외국시를 번역하였고, 자 국문학을 살찌우는 중요한 문학 텍스트를 생산하기도 하였다. 영국의 경우, 18세기 시인 알렉산더 포프가 호메로스를 번역한 것이나 19세기 시인 에드워드 핏츠제럴드가 페르시아 시인을 번 역한 『오마르 카얌의 루바이야트』에서 알 수 있다. 그들의 번역 시는 비록 어떤 의미에서는 원본에서 멀어졌지만, 단순히 번역시 로 머무는 것을 넘어 한 편의 훌륭한 영시로 읽히고, 영문학의 정전으로 자리 잡아 오랫동안 많은 독자들의 사랑과 칭송을 받았다. 이것은 '시에서 시로' 옮기는 창조적인 번역이 가능했기 때문이며, 앞서 언급한 프로스트의 진술과 대조적이다. 그들의 번역에서 '시'는 살아 있었다.

그러나 한국에서 영시의 우리말 번역 상황은 사뭇 다르다. 원문에 대한 충실성이라는 이름으로 딱딱한 직역을 하고 자연스럽지 않은 어휘와 어색한 문법을 빈번하게 사용하여 번역시는 우리말 텍스트답지 않게 되며, 그러다 보니 때로는 텍스트의 의미를 이해하는 것도 쉽지 않다. 의미를 살리는 번역을 한 경우에도 시로서의 특징이나 아름다움은 보이지 않는 듯 보인다. 다시말해 의미전달은 어느 정도 성공하더라도 시어로 적합하지 않은 어휘가 사용되고 리듬, 운율, 소리와 같은 음악성과 이미지 등의 중요한 시적인 요소가 사라지고 산문과 구별되지 않는다. 이것은 우리말로 번역되었을 때 '시로서' 어떻게 읽히는지 상대적으로 중요하게 여겨지지 않음을 보여준다. 물론 한국어와 영어가 서로 현저하게 달라서 형식과 소리, 운율과 같은 시의 구성요소를 고려할 수 없는 현실적인 이유가 있기 때문이다. 그러나 의미전달만으로 시 번역의 임무를 모두 충족시켰다고 보는 것은 다소 문제가 있어 보인다. 왜냐하면 앞서 말했듯이 시에서 형식은, 소리는 내용만큼이나 중요할 수 있기 때문이다. 어떤 식으로든 번역에서 시 형식, 시로서의 아름다움에 대한 고민과 고려를 해야 할 것이다. 한국에서는 주석을 다는 것도 빈번하게 이루어지는데, 번역가는 주석을 달아 원본 시에 담겨 있는 시인의 사상이나 의도, 어휘의 뜻을 설명하는 것이고, 그 결과 번역은 원문의 보조적인 설명 텍스트가 되고 마는 경우가 있다. 주석이 원본을 이해하는 데 도움이 되지만, 번역시를 독립된 시로서 읽는 데 방해가 되기도 한다. 요약하자면, 직역을 하던 의역을 하던, 영시를 우리말로 옮긴 번역시에는 종종 시로서의 특징이 사라지는데, 부분적으로 이것은 영시 번역이 주로 학자들에 의해 이루어져서 시를 시로 번역하기 보다는 학생들이 영시를 공부하는데 도움을 주는 학술적인 목적 때문인 것 같다.

그러나 이러한 부자연스러운 한국의 영시 번역현상에는 더 근본적인 이유가 자리 잡고 있다. 첫째, 번역을 원본의 '베껴 쓰기'라는 기계적인 과정으로 이해하는 관점, 즉 많은 사람들은 번역을 단순히 언어만의 문제, 즉 등가물을 찾아 한 언어에서 다른 언어로 텍스트를 그대로 옮기는 그런 단순한, 투명한 언어적 전환으로만 잘못 생각하는 편견 때문이다. 그러나 번역은 훨씬 더 복잡하고 문화와 불가분의 관계를 맺고 있으며 지적이고 창조적인 과정이며, 번역가는 투명인간이 될 수 없다. 두 번째 이유는 영어/영미문화와 한국어/한국문화 사이의 권력의 불균등에서 기인한다. 영어권 문화가 한국 문화보다 훨씬 더 강력하기 때문에, 번역가는 영미문화 중심의 접근을 취하고, 즉 영어 원본에 사대주의적으로 다가갈 수밖에 없고, 그 결과 부자연스러운 우리말 번역을 생산한 것이 사실이다. 이런 상황에서 시를 시로 번역하는 창조적인 번역은 한국이 영미권 지배의 문화식민 상태를 극복하고 주체적으로 영문학과 영미문화에 다가갈 수 있는 계기를 마련해 준다. 그러한 번역이 중요한 또 다른 까닭은 우리말 문학의 창작의 일부가 되어 우리말 문학을 확장시키고 공헌할 수 있기 때문이다.

 이러한 맥락에서 이번에 새로 나온 김용성 번역가의 번역은 흥미롭고 주목할 만하다. 실제로 시인이기도 한 그는 영국의 대문호 16세기 시인-극작가 윌리엄 셰익스피어의 소네트 154편 전체를 완역하였다. 셰익스피어의 소네트 시집은 다수의 영문학자들에 의해 이미 여러 번 번역되었으나, 본 번역시집은 기존의 번역과 중요한 점에서 구별된다. 기존의 시집이 단어 대 단어 번역이나 의미 대 의미 번역을 하고 주로 주를 달고 원본 시를 학술적으로 설명하는데 집중하는 경향이 있다고 말할 수 있는 반면, 김용성 시인의 번역은 시를 시로, 영시를 우리말 시로 재탄생시키는데 중점을 두었다. 그렇다고 해서 원본을 배신하지 않으며, 원본에 종속되어 있으면서도 홀로 서는 시로 존재한다. 154편 중 두 번역시만 살펴보자. 아래의 소네트 18번은 가장 잘 알려지고 사랑받은 소네트 중의 하나이며, 사랑은 여름보다 더 아름답고 영원하다는 주제를 다룬다.

한여름이라도 어찌 그대만 하리
그대 더 사랑스럽고 온유하지요
높새바람 오월 꽃봉오리 흔들고
여름은 불타다 순간 사그라져요
하늘의 눈은 뜨겁게 이글거리다
구름에 황금빛 종종 흐려지기도
달 차면 기울 듯 아름다움 또한
우연히 자연히 민낯 드러내지요
허나 그대 여름은 저물 줄 몰라
피어난 그 꽃 시드는 법 모르고
죽음도 그늘 속에 그대 못 품어
시 속에 시간 속에 그대가 살면
사람이 호흡하고 볼 수 있는 한
이 시는 살아 그대 맥박 되리라

　　김용성 시인은 다른 번역가들처럼 세 개의 4행연구(quatrain)
와 하나의 2행연구(couplet), ABAB BCBC CDCD EE의 형식을
갖는 소네트의 14행시를 압운이 없는 14행시로 번역하였다. 사
실 한국시에는 소네트 형식이 존재하지도 않고, 압운을 살리기
가 현실적으로 쉽지 않아 번역가들은 시행의 수만 유지하였다.
그러나 김용성 시인은 시의 공간적 배열에 남다른 신경을 썼다.

14행 전부가 문장이 길이가 같아서 깔끔한 인상을 주며, 읽을 때 호흡이 규칙적이고 리듬감이 살아 있다. 이를 통해 시의 음악성을 추구하였다. 이것은 김용성 시인이 약간의 축약을 시도했기 때문에 가능했던 것인데, 그 결과 시의 내용을 핵심적으로 전달하는 깃도 가능해졌다. 또한 그는 딱딱하거나 추상석인 한자어를 피하고 간결하고 자연스러우며 우아한 우리말 어휘를 사용하여 시다움을 살린다. '그대만 하리', '높새바람', '사그라져요', '이글거리다', '허나', '저물 줄 몰라', '그대 못 품어'가 그와 같다. 또한 이 단어들은 옛말의 느낌을 주면서 셰익스피어가 과거의 시인이라는 역사적 사실을 상기시키는 동시에 시적인 효과를 드높였다. 셰익스피어의 'Shall I compare thee to a summer's day?'를 반어적으로 번역한 첫 번째 시행 '한여름이라도 어찌 그대만 하리'는 일반적으로 번역되는 직역, '그대를 여름날에 비유할까요'보다 더 빼어난 번역인데, 여름보다 그대가 더 아름답다는 사실을 강렬하게 표현하고, 그 다음에 이어지는 그대가 여름보다 더 사랑스럽다는 내용과 잘 이어지기 때문이다. 'So long lives this and this gives life to thee'를 번역한 마지막 문장 '이 시는 살아 그대 맥박 되리라' 역시 일반적으로 번역되는 직역 '이 시 살아서 그대에게 생명을 줍니다'보다 더 깔끔하며 'life'를 '맥박'으로 번역하여 의미는 같으면서도 생동감이 있고 구체적으로 마음에 와 닿는다. 이 마지막 시행을 포함한 세

번째 4행 연구와 2행 연구의 번역, '허나 그대 여름은 저물 줄 몰라/피어난 그 꽃 시드는 법 모르고/죽음도 그들 속에 그대 못 품어/시 속에 시간 속에 그대가 살면/사람이 호흡하고 볼 수 있는 한/이 시는 살아 그대 맥박 되리라'는 사랑하는 이의 아름다움은 사라지지 않고 죽음도 그것을 앗아가지 못할 거라는 화자의 마음을 우리말 시처럼 아름답게 그리고 있다.

　마찬가지로 김용성 시인의 셰익스피어 소네트 74번 번역도 한 편의 우리말 시로서 손색이 없다.

누구도 놔두는 법이 없는 저 검은 손길이
나를 데려가더라도 그대는 마음 놓으시길
나는 이 시의 일부이니 시와 함께 살다가
그대 곁에 늘 머무르는 진한 향기 되려니
이 시 다시 읽을 때면 그윽이 배어나도록
그대 향한 눈빛 시 속에 진득이 묻어두리
흙에는 흙만이 단지 자기 몫으로 있는 법
썩을 줄 모르는 가슴은 오직 그대 것이니
이 몸은 다하여 구더기 먹이 된다 하여도
잃는 건 이 생명 쓰다 버린 찌꺼기뿐이리
죽음이 칼을 휘둘러 비열하게 승리하여도
그대가 돌아보기엔 한갓 하찮은 것이리니

몸은 몸 안에 담긴 뜨거운 가슴으로 살고
가슴은 시로 살아 그대 곁에 함께 남으리

　이 소네트는 시인은 죽어도 그 영혼은 시 속에서 영원하다는
주제를 다루고 있는데, 김용성 시인은 이 주제를 번역에서 우리
말로 잘 살리고 있다. 앞서 소네트 18번에서 말한 것처럼 공간
배열을 해서 음악성을 살렸고, 다른 점은 세 개의 4행 연구와 2
행 연구의 마지막 시행을 '되려니', '것이니', '것이리니', '남으리'
로 번역하여 압운을 맞추어서, 셰익스피어 원본과 똑같지는 않
지만 각각의 4행 연구와 2행 연구를 구분해주는 효과를 주고
음악성을 살린다. 또한 어휘가 아름답고 구체적이며 간결하다.
예를 들어 '몸은 몸 안에 담긴 뜨거운 가슴으로 살고/가슴은 시
로 살아 그대 곁에 함께 남으리'는 원문의 대명사를 그대로 보존
해서 번역한 '그것의 가치는 그것이 담고 있는 것이라/그것은 바
로 이것으로, 이는 그대와 함께 남을 것이라'나 대명사를 풀어
설명한 '육신의 가치는 그 안에 담긴 정신/그 정신이 이 시에 살
아 그대와 함께 남을 것이라'보다 의미도 더 잘 통하고, 산문투
를 피하면서 시적이다. 특히 번역가는 '육신', '육체'라는 한자어
보다 '몸'이라는 우리말을 사용하고, '정신', '혼'보다 내면을 구체
적으로 표현하는 '가슴'이라는 표현을 쓰면서 그의 번역은 한층
더 생생한 우리말 시로서 다가온다.

이처럼 김용성 시인의 번역시는 단어 대 단어 번역을 뛰어 넘어, 시로 이해되고 감상될 수 있는 번역, 새롭고 읽기의 즐거움을 선사하는, 우리의 정서가 담긴 아름다운 '우리말 시'로서 읽힌다. 그의 번역은 셰익스피어 원본의 단어를 모두 살리는 그런 정확한 혹은 충실한 번역은 아니지만, 원본의 주제와 아름다움을 충실하게 살린다. 그런 의미에서 원본의 단순한 '재생산'이 아니라 창작만큼 창조적이다. 나아가 '영시'가 '우리말 시'로 거듭날 수 있는 주체적인 번역의 가능성을 보여준다는 점에서, 그리고 영미시를 학계 밖 일반 대중과 소통할 수 있는 중요한 번역시 모델을 제공한다는 점에서 의의가 있다. 본 번역시는 피천득의 번역을 연상시키는데, 김우창은 피천득의 번역시집 『내가 사랑하는 시』(1997) 해설에서 피천득의 번역시를 두고 "참으로 좋은 번역은 그대로 우리 시의 일부가 되고 아니면 적어도 그것을 살찌게 할 밑거름이 될 수 있는 것이 아닌가 한다"라고 말하였다. 김용성 시인의 번역이 바로 그러한 번역에 해당되며, 피천득의 번역시에 뒤이어 아름다운 우리말 시로 읽히고, 우리 시의 일부가 되고, 우리 시를 살찌게 할 밑거름이 될 수 있을 것이다. 김용성 시인의 번역에서 시는 살아 있고, 그리하여 그의 번역시는 로버트 프로스트의 시 번역의 불가능성과 시 상실의 불가피함에 정면으로 반박하고, 한국 번역시의 새로운 지평을 연다고 할 수 있다.